Las tres llaves mágicas
y Laura de Calabazas

Rita Mendoza

Las tres llaves mágicas y Laura de Calabazas

Ilustrado por:
Emely Fernández

Santo Domingo
República Dominicana
2019

Las tres llaves mágicas y Laura de Calabazas
Rita Mendoza
ISBN: 978-1-64606-207-2
2019

Ilustrado por: Emely Fernández

Printed by H & L Printing
343 Boulevard Suites A
Hasbrouck Heights, NJ 07604,
United States
Phone: 201-288-0877
Fax: 201-288-0767
E-mail: hlprint@aol.com

Impreso en República Dominicana
Printed in Dominican Republic

Este libro está dedicado a todos los que han sido y serán parte de mi vida, a mis familiares, amigos y por supuesto, a mi inseparable compañero de aventuras, mi adorado Brownie.

Agradezco infinitamente a un ser extraordinario quien inspiró el personaje de **Arkazú**. Por él aprendí a confiar y creer en que existen personas nobles que llegan a nuestras vidas en el momento menos esperado para llenarnos de luz y amor.

Deseo que todos los que lean esta obra puedan encontrar *Las tres llaves mágicas* y con estas puedan abrir las puertas hacia un mundo mejor.

Rita Mendoza

Quiero agradecer de manera muy especial a mi sobrina e ilustradora de esta historia, Emely Fernández, quien a sus trece años de edad cuenta con un gran talento y creatividad. Sé que al igual que ella, otras niñas de su edad se identificarán con los valores y las enseñanzas que contiene esta obra.

Rita Mendoza

Las tres llaves mágicas

En una aldea del lejano reino de Arabella, nació una niña de aspecto muy extraño, tan diferente a los demás que cambió por completo la vida de todas las personas de la pequeña y humilde Calabazas. Laura, como fue llamada la niña, era muy dulce y juguetona, tan traviesa como las liebres.

Su peculiar semblante, de ojos enormes y brillantes como las estrellas, de orejas que sobresalían por su ondulada y castaña cabellera y un lunar en forma de corazón en cada una de sus mejillas, convirtieron a la pequeña en el ser más especial de todos los habitantes de Calabazas y de todo el reino de Arabella.

A pesar de su notable diferencia, los habitantes de Calabazas la adoraban; era un deleite pasar el tiempo junto a ella. La llevaban al bosque en donde cosechaban los vegetales y las frutas para su sustento, entre ellas calabazas, de donde surgió el nombre de la aldea.

Con las calabazas preparaban deliciosas cremas, sopas y postres, utilizaban su flor para hacer guisos y su exterior para hacer las lámparas que iluminaban a la tranquila y feliz aldea de Calabazas todas las noches.

Cada día era la misma rutina, los aldeanos se levantaban muy temprano en la mañana para ir a sembrar la tierra, el canto alegre con el que trabajaban se hacía acompañar del sonido de los colibríes, se podía escuchar por todas partes la bella melodía. La labor de las mujeres era ir al río cada mañana en busca de agua para darles de beber a los animales y para preparar los alimentos de sus familias.

Entre risas y cantos fue creciendo la pequeña Laura, quien aprendió a cantar y a tocar la flauta de bambú que el buen Bartolomeo le hizo con sus propias manos. A pesar de que este era ciego de nacimiento, él podía ver y sentir a través de sus dedos.

En la aldea de Calabazas no existían escuelas y las familias eran tan pobres que no podían enviar a sus hijos a las escuelas de las aldeas vecinas. Cada uno de los habitantes se encargaba de enseñarles su propio oficio o habilidades a todos los niños de la aldea, incluyendo a Diego, quien aunque era sordo de nacimiento los aldeanos se las ingeniaban para comunicarse con él a través del lenguaje de señas.

La señora Serafina. Era la encargada de enseñarles a leer y a escribir; cuando Serafina era una jovencita sus padres la enviaron a la aldea de Solgiral como nodriza de los hijos de una familia de nobles, y como ella tenía que cuidar y acompañar a los niños en todo momento, aprovechaba las clases que ellos recibían y luego ella ponía en práctica todo lo aprendido a escondidas de los señores de la casa. Gracias a Serafina todos en la aldea de Calabazas aprendieron a contar, leer y a escribir correctamente.

Así como Bartolomeo y Serafina, también el zapatero Rigoberto les enseñaba a los jovencitos su oficio. Rigoberto era muy estricto con ellos y fácilmente se enojaba y en algunas ocasiones los niños tenían que esquivar los zapatos que Rigoberto les tiraba para que dejasen de hacerle bromas e imitar su forma de hablar, aunque en el fondo él también se divertía y disfrutaba estar con ellos.

Rigoberto y su esposa Lucía nunca pudieron tener hijos, para ellos cada uno de los niños de la aldea era como si fuera suyo; ella disfrutaba preparar postres de calabazas todas las tardes para brindárselos como merienda a los aprendices de su esposo Rigoberto. Los niños la adoraban y también al gruñón de Rigoberto como le llamaban.

La costurera Carmelia, les enseñaba a pegar botones y a remendar las ropas a todas las jovencitas, incluyendo a Laura. Carmelia decía, que mientras más cosas aprendieran más oportunidades tendrían en la vida.

Por su parte, doña Gervasia les trasmitía su amor por las flores, les hablaba del significado de cada una

Rita Mendoza

de ellas y de sus colores. Les decía que las plantas eran como las personas, que podían sentir y escuchar lo que les decimos, así que debían de tratarlas con respeto y darles mucho cariño, para que estas a su vez le dieran hermosas y perfumadas flores durante todo el año.

Otras de las muchas cosas que aprendían los jóvenes de Calabazas, era sobre las propiedades de las hierbas y especias, el maestro de esa rama era Maravides, quien aprendió todo sobre ellas gracias a su abuelo. Maravides les reveló los milagros de los ungüentos e infusiones para aliviar todo tipo de afecciones y dolencias.

En su pequeña huerta Maravides tenía sembradas plantas de sábila. De esta decía que era buena para todo, para sanar heridas y quemaduras, hacer crecer el cabello, poner la piel más tersa y que su cristal se podía tomar para aliviar problemas estomacales, en fin decía que era buena hasta para alejar las malas energías.

En su huerto se encontraban plantas de menta, hierba buena, romero, manzanilla y lavanda con las que preparaba un delicioso té, aparte de otras especies muy aromáticas con las que preparaba los perfumes que vendía en la gran ciudad. Así le llamaban al reino de Arabella.

El abuelo Enrique, como le llamaban todos los niños de Calabazas al abuelito de Laura, disfrutaba contar sus historias sobre la gran ciudad, del palacio del rey Amadeus, del mar y lo que en él habita, de todas las cosas y personas a las que conoció cuando trabajaba en el palacio real. A los niños les encantaban sus historias, parecían tan fascinantes que soñaban por conocer todos esos lugares que el abuelo Enrique había visitado.

El artista de la aldea era el prodigioso señor Rafaelo, quien era conocido y admirado por sus extraordinarias obras. Dibujaba y pintaba cuadros, retratos, también creaba esculturas de todo tipo. Rafaelo era el encargado de enseñarles a los niños a pintar y a mezclar los colores entre sí.

Con él aprendieron a hacer figuras con la resina de los árboles y a extraer el pigmento de los vegetales como la menta, remolacha, frambuesas, arándanos, zanahorias y muchos otros más; también utilizaban los colores de las especias como el azafrán y la cúrcuma, el de los minerales, como el carbón y la arcilla y de los frutos como el cacao y el café.

Aunque los aldeanos no podían darse el lujo de comprar pinturas para embellecer sus casas, Rafaelo y los jóvenes se encargaban de darle color a la aldea, cada casa y cada rincón de ella contaba su propia historia.

Era muy fácil identificar el hogar de cada persona, pues la pintaban de acuerdo a su oficio o personalidad, por ejemplo: la casa de Gervasia estaba pintada con las flores que tanto amaba, en sus paredes de madera plasmaron su hermoso jardín. La del músico Bartolomeo tenía su retrato y las notas musicales saliendo de su flauta de bambú.

En la del gruñón Rigoberto, se podía apreciar un enorme zapato y al lado de este, el delicioso postre de calabazas de su esposa. Rafaelo era muy paciente con los niños, especialmente con Laura, quien siempre le pedía que hiciera un retrato de ella. Él sentía cómo su corazón se fragmentaba al no poder complacerla, ya que todos en la aldea trataban de ocultarle su propio rostro. Por eso siempre buscaba un pretexto para no hacerla sentir mal.

Así transcurría la vida en la pequeña Calabazas, todos aportaban y compartían sus conocimientos con los demás. Eran personas muy unidas y generosas.

En el reino de Arabella, cada año tenían por costumbre y por ley escoger a nueve jovencitas y enviarlas a la gran ciudad, en representación de cada una de sus aldeas: Pan de frutas, Solgiral, Damasco, Carambolas, Champiñón, Los Lirios, Flamboyán, Uveral y Monte Verde, a excepción de la aldea de Calabazas.

El reino se preparaba para el gran banquete real, la oportunidad perfecta para que cada una de las jóvenes, expusiera ante el rey las necesidades de sus aldeas y este le concediera un escudo real como símbolo de que cumpliría con la promesa de ayudar a las aldeas que realmente lo merecieran.

La aldea de Calabazas se encontraba en una situación muy precaria; en los últimos años había aumentado el número de sus habitantes y los alimentos que cultivaban eran escasos ya que no contaban con suficiente terreno para la siembra de vegetales y frutos. Por esta razón y por primera vez en mucho tiempo debían de recurrir a la ayuda del rey Amadeus.

Todos en la aldea se preguntaban quién podría ir a la gran ciudad a representarlos, ninguna de las jóvenes estaba preparada para tan largo viaje y mucho menos para presentarse ante el rey. Por lo que Laura, valientemente decidió ir en busca de la ayuda que su aldea tanto necesitaba.

Antes de presentarse ante el rey, las jóvenes debían asistir a una escuela de señoritas en donde aprenderían a comportarse debidamente e instruirse en un oficio del que dependerían sus familias y las demás personas de sus aldeas con quienes compartirían lo aprendido, del mismo modo que Laura y los demás niños aprendieron de todos los aldeanos de Calabazas.

A pesar de lo felices que estaban los padres de Laura y todos los aldeanos de Calabazas al verla partir en busca de la ayuda que tanto necesitaban, no dejaban de preocuparse por las dificultades que esta podría enfrentar por ser tan diferente a las demás jovencitas con quienes asistiría a la escuela. Sus corazones se encogieron de tristeza y temor, ya que sabían que era una misión muy difícil; ni la joven más bella de su humilde aldea podría obtener el tan anhelado escudo real.

Laura iba muy feliz, soñando con el maravilloso futuro que le esperaba no solo a ella, sino también a sus humildes padres y a todos los aldeanos de su querida Calabazas, quienes con todo su amor le construyeron una carreta con pedazos de maderas viejas que encontraron en el bosque. Así se fue Laura a la gran ciudad acompañada de un débil asno llamado Molondrón, nombre que obtuvo de un vegetal que se cultivaba en la aldea.

Aunque Molondrón carecía de fortaleza, poco a poco halaba la estridente carreta; en el camino, Laura pensaba en todas las cosas nuevas que iba a aprender y todo lo que vería en la gran ciudad; pero nunca pensó en lo diferente que era de los demás, pues en su aldea todos la querían y nunca la hicieron sentir diferente.

Por el camino podía ver los grandes y frondosos árboles, las verdes e interminables praderas, ideales para las liebres, las que saltaban y jugueteaban por todas partes, así como las mariposas multicolores revoloteando a su alrededor, también veía a los colibríes extrayendo el dulce néctar de las rosas...; todo era mágico, el aire fresco mezclado con el perfume de las flores, el sonido del río y el canto de los pajaritos, la hacía muy feliz.

Al llegar la noche, Laura se detuvo a descansar debajo de un gigantesco árbol en donde tendió la cobija que su madre le obsequió. Azucena comenzó a tejerle esa cobija cuando Laura era apenas una niña. Con las pocas monedas que podía ahorrar, Azucena compraba un rollo de lana cada vez que podía, y aunque tardó mucho tiempo, pudo terminar la cobija justo antes de que la inocente joven partiera en busca de su destino y el de toda la aldea.

La noche era cálida y el cielo cubierto con un manto de estrellas, dejando ver una luna enorme y resplandeciente; las luciérnagas y su amigo Molondrón eran su única compañía y el canto de los grillos su única melodía.

Laura, entre profundos suspiros, contemplaba las estrellas y pensaba en que quizás algún día podía brillar como una de ellas... Tan profundo pensamiento fue interrumpido por el rebuznar de Molondrón quien gritaba de hambre, ya que había pasado todo el día sin comer al igual que Laura, quien no contaba con suficiente alimento para el largo camino que tenían que recorrer y sabiamente distribuyó las frutas y los vegetales que le habían dado los aldeanos entre los días que le tomaría en llegar a su destino.

Le dio de beber y comer a Molondrón y ella tomó unas zanahorias y semillas de calabazas asadas. Mientras las comía, miró al cielo y observó una estrella fugaz que iluminó todo el firmamento, rápidamente pidió un deseo. En ese instante recordó que, cuando era pequeña, su abuelo la llevaba a la cima de la montaña para ver las estrellas. Le decía que si alguna vez veía una estrella fugaz no olvidara pedir un deseo, ya que si lo hacía con todo su corazón, este se volvería realidad.

Agotados por el viaje, Laura y Molondrón se quedaron dormidos. Al día siguiente la luz resplandeciente del sol y el trinar de las aves la despertaron. Tomó un poco de agua para lavar su cara y limpiar sus dientes, dobló cuidadosamente su cobija y continuó su camino. Tenía que llegar al tercer día a su destino, o de lo contrario no la aceptarían en la escuela y ella terminaría decepcionando a las personas que tanto la amaban y confiaban en ella.

Laura tenía una voz tan hermosa como las hadas, encantaba a todos los que la escuchaban y mientras iba por el camino, atrajo la atención de las aves, las mariposas, las liebres y todos los animales del bosque quienes la seguían, era un deleite escucharla cantar.

A lo lejos pudo percibir el reflejo de una aldea, podía escuchar el bullicio de la gente que se movía de un lado a otro. Mientras se acercaba cada vez más podía oler el humo que salía de una chimenea, cerrando sus ojos y con un suspiro pudo percibir el olor a moras y fresas que hicieron que se saboreara los labios, al no poder contenerse a tan exquisito manjar, se dirigió hasta el lugar de donde provenía.

Al llegar a la aldea de Pan de Frutas, que al igual que todas las demás aldeas del reino de Arabella, adquirían el nombre de las flores, frutos o de los alimentos que preparaban en ellas, en este lugar se elaboraban los más deliciosos bocadillos y pasteles de frutas de todo el reino y cada mañana el lugar se impregna de sus olores.

Ansiosa de probar aunque sea un pedacito de aquel rico pastel, Laura se adentró en la aldea sin imaginar la reacción que tendrían los aldeanos de Pan de Frutas, quienes detuvieron su faena para ver de dónde provenía un extraño ruido.

La carreta de Laura era tan vieja que hacía un ruido espantoso, sus ruedas se tambaleaban y la madera rechinaba como si se estuvieran cayendo a pedazos. Los aldeanos, al ver de cerca de qué se trataba, quedaron atónitos, no podían creer lo que veían sus ojos.

Todos estaban paralizados y asombrados mientras veían pasar la carreta. Y no era la vieja y destartalada carreta lo que les quitó la respiración, era aquel ser tan extraño que iba en ella. La inocente joven de Calabazas saludaba muy sonriente a todas las personas de Pan de Frutas, sin ni siquiera percatarse del asombro con que la miraban.

Allí comenzó todo... Las personas estaban en silencio, nadie se atrevía a decir una sola palabra ni a devolverle la sonrisa, hasta que un niño que estaba en brazos de su madre, la miró y señalándola con su pequeño dedo le dijo a su mamá: "¡Mami, mira qué extraña y fea es esa niña!".

Al escuchar las palabras del pequeño, todos comenzaron a reír y a burlarse de ella por considerarla una joven fea... decían que era la criatura más horrible que jamás habían visto. La dulce y tierna aldeana de Calabazas, comenzó a llorar y salió corriendo como

pudo en su vieja carreta apresurando insistentemente a Molondrón.

Así se alejó de Pan de Frutas. No podía creer la crueldad de esas personas, nunca antes la habían tratado de ese modo y tampoco comprendía por qué le llamaban criatura extraña y fea.

Laura nunca había visto su rostro. El día en que nació, sus padres y demás habitantes de Calabazas destruyeron todos los espejos que existían en la aldea, para que ella nunca pudiera ver su rostro y así no se sintiera diferente a los demás; tampoco le permitían ir al río en busca de agua para evitar que viera su reflejo en él. Por esta razón ella nunca supo el secreto que celosamente guardaban quienes la amaban.

Al llegar a la cima de una montaña, Laura y Molondrón se detuvieron para pasar la noche allí. Debían descansar si querían llegar a tiempo a la gran ciudad al día siguiente. Abatida y triste por las burlas de los aldeanos de Pan de Frutas, se refugió en una cueva que encontró, desde allí contemplaba las estrellas cuyo brillo era opacado por las lágrimas que profusamente brotaban de sus ojos; ella se preguntaba: ¿Por qué esas personas fueron tan crueles? ¿Qué podía tener de extraña? Si era igual a ellos y a todos los aldeanos de Calabazas, quienes le decían que era la niña más hermosa de toda la aldea.

Y sí, los aldeanos de Calabazas le decían que era la niña más hermosa de todas, ellos solo veían la

Rita Mendoza

belleza de su corazón. Laura era noble y bondadosa, se preocupaba por todas las personas, y por los animales, quería que fueran felices, siempre buscaba la manera de hacerlos reír, repartía besos y abrazos por todos lados y los deleitaba con su hermosa voz.

Para ellos esa era la verdadera belleza, la que sale del corazón y no la exterior, ya que existen seres muy hermosos por fuera, pero muy malvados y crueles por dentro y eso... Laura estaba a punto de descubrirlo. Sollozando y sin nadie que la consolara se quedó dormida.

A la mañana siguiente el rebuznar de Molondrón la hizo despertar, no se había percatado de que el sol ya había salido, pues dentro de la cueva no entraba suficiente luz. Al darse cuenta de la hora, tomó sus cosas y salió corriendo en su carreta, se le había hecho tarde y aún le quedaba mucho camino por recorrer, tenía que llegar antes de la puesta del sol, de lo contrario todo su esfuerzo sería en vano.

Era tanta la prisa que llevaba que por un camino de piedras se le descompuso una rueda a la carreta. Pensó que ya todo estaba perdido, que había decepcionado a todos los que confiaron en ella y que su querida aldea jamás tendría el escudo real y que por lo tanto el Rey nunca favorecería a Calabazas.

De repente... escuchó que alguien se acercaba, era un anciano que iba con sus bueyes a arar la tierra para la siembra. Este, al verla, se acercó a ayudarla, pero ella, temerosa de que la lastimara como lo hicieron las personas de Pan de Frutas, se ocultó. No quería que la viera.

El anciano le dijo: "No tengas miedo, solo quiero arreglar tu carreta", Laura le respondió: "agradezco su generosidad, pero no quiero que vea mi rostro, pues aunque soy igual que todos, algunas personas piensan lo contrario y probablemente usted también pensará igual que ellos y se burlará de mí".

El anciano entonces le dijo que él jamás se burlaría de ella, ya que él veía más allá de lo exterior, podía ver en el corazón de las personas y observó que el de ella estaba lleno de bondad. Al escuchar sus palabras, la jovencita se dejó ver.

Cuando el anciano de nombre Arkazú la miró, le dijo que no tenía por qué avergonzarse ya que era un ser muy especial y hermoso. Mientras reparaba la carreta, conversaron sobre el motivo que la llevó hasta ese lugar.

Arkazú era un hombre muy sabio, y al conocer los motivos de Laura, le aconsejó tal y como lo hacía su abuelo. Le dijo los peligros y las dificultades que podría enfrentar para obtener tan anhelado escudo real. También le habló del valor de aquellas cosas que no se podían ver o tocar, de las que no se compran con dinero y que solo las personas con un corazón puro y noble podían poseer.

Laura no imaginaba de qué se trataba, cuáles eran esas cosas invisibles y tan valiosas que no tenían precio... Al terminar de reparar la carreta, el sabio Arkazú le hizo un obsequio a la joven...

Arkazú le regaló tres llaves doradas, cada una de ellas tenía grabada una palabra que al pronunciarla las hacían brillar.

Arkazú le pidió que siempre las mantuviera consigo, especialmente cuando se encontrara en dificultad. También le dijo que no importaba lo que las demás personas pensaran de ella, pues esas tres llaves le darían las fuerzas necesarias para triunfar en la vida y hacer realidad todos sus sueños. Laura se despidió del sabio Arkazú con un gran abrazo y prometió que antes de su regreso a Calabazas se encontraría con él en ese mismo lugar.

Laura guardó muy bien las valiosas llaves y se dirigió muy feliz a su destino. Llegó justo antes del atardecer. Al entrar por la enorme puerta dorada que protegía la ciudad, sus ojos se abrieron y en su boca se dibujó una gran sonrisa, quedó atónita con todo lo que veía.

Las casas de la gran ciudad tenían puertas enormes de colores resplandecientes, las calles estaban llenas de personas y mercaderes de todos los reinos vecinos que llegaban hasta allí para vender sus productos, entre ellos: finas telas, piedras preciosas, hilos de oro, plata y cobre, todo tipo de artesanía y antigüedades, también

Rita Mendoza

había una gran variedad de frutas, vegetales, flores y especias.

Los hombres y las mujeres más ricos de Arabella, se vestían con ajuares muy elegantes con bordados dorados y adornos hechos con perlas, zafiros y rubíes; se podía oler el perfume de las rosas por toda la ciudad.

Todo parecía encantador para Laura, no podía creer que existía tanta riqueza en Arabella; en Calabazas apenas tenían para comer y eso porque ellos se encargaban de cosechar sus propios alimentos. Eran demasiados pobres y no podían darse el lujo de usar finas y costosas telas y mucho menos una de esas piedras tan hermosas. Los aldeanos de Calabazas vendían una parte de sus cultivos para pagar los impuestos al rey y la otra parte la compartían entre todos.

Esto era lo que hacía de Calabazas una aldea diferente a las demás. Todas las personas que allí habitaban eran gente buena y bondadosa, se ayudaban los unos a los otros, compartían lo poco o lo mucho que tenían. Nadie se aprovechaba de los demás, eran muy unidos.

En la gran ciudad, las personas estaban extasiadas de tanta riqueza, que no se percataron de la vieja carreta que recorría las calles del reino haciendo un espantoso ruido y mucho menos de la joven que iba en ella. Laura pasó desapercibida y siguió su camino hasta llegar al lugar en donde comenzaría a labrar su futuro y el de su aldea.

En la escuela para señoritas, ya se encontraban las demás aldeanas que, como Laura, llegaron desde muy lejos en busca del escudo real para sus aldeas. Fue evidente el revuelo que ocasionó la humilde joven de Calabazas. De inmediato todas comenzaron a murmurar entre sí. Cuando Laura se acercaba a alguna de ellas tratando de ser amistosa, era ignorada e inmediatamente las demás se alejaban de ella, como si se tratara de algo contagioso.

Para Laura fue muy triste ser rechazada por quienes a partir de ese momento serían sus compañeras de clases. Cada una de las jóvenes debía presentarse ante las maestras y sus compañeras en el acto de bienvenida de la escuela. Cuando le tocó el turno a Laura, las demás jovencitas pensaron que se trataba de una broma de mal gusto; cómo una joven de su condición podía pretender estudiar en aquella escuela.

Era imposible que alguien tan extraña como Laura, pudiera pasar las rigurosas pruebas y exámenes que le permitirían presentarse ante el rey y solicitar de este el tan anhelado escudo real para su aldea. Una vez más se burlaron de ella y la insultaron.

Laura se sintió tan humillada que deseaba desaparecer en ese mismo momento. Pensó que era un ser insignificante. Las demás seguían riéndose de ella y nadie trató de defenderla.

Abatida por la crueldad de las demás jóvenes que no dejaban de burlarse de ella, Laura recordó las

Rita Mendoza

palabras del sabio Arkazú: "No importa lo que los demás piensen de ti, en tu interior tienes todo lo que necesitas, solo debes de creer".

Recordó también las tres llaves que le había obsequiado el sabio Arkazú. La primera de las tres llaves tenía grabada la palabra "Ama". Al tomar la llave en sus manos, su rostro se iluminó al tiempo que escuchó una dulce voz que le decía: "Eres un ser especial, único y maravilloso, debes de quererte y amarte, nunca te avergüences de ti, ni de quién eres, y nunca olvides que la verdadera belleza se encuentra dentro de tu corazón".

Al escuchar esas palabras, Laura tomó fuerzas y se puso de pie frente a todos los presentes. Con la cabeza erguida procedió a presentarse, dijo su nombre, habló sobre su aldea y su gente. Contó sobre las bondades de su tierra, de sus árboles frondosos, de las verdes praderas y de los animales que allí habitaban, pero sobre todo habló del valor de las personas.

Poco a poco se fueron enmudeciendo las risas y las burlas, pues Laura hablaba desde el corazón, con una voz dulce y melodiosa con la que transportaba a quienes la escuchaban hacia aquel lejano y pequeño lugar, su hogar, el más bello y dulce de todos, la aldea de Calabazas. Así continuó con su relato, habló de todos y cada uno de los aldeanos.

Habló sobre lo bueno que eran sus padres, del amor que sentían por ella y todas las cosas lindas que le habían enseñado. Explicó el significado de sus nombres: Benjamín por el jazmín y Azucena por la flor que lleva ese nombre. También contó que se conocieron desde niños y que ambos jugaban en el bosque atrapando mariposas y luciérnagas, que tuvieron una infancia muy feliz y sabían que algún día iban a estar juntos para siempre.

Lo que Laura nunca supo fue que, así como ella, su madre también fue escogida para ir tras el escudo real, pero el destino le hizo una mala jugada. Azucena tuvo que partir hacia la gran ciudad como todas las demás jóvenes escogidas de las aldeas vecinas.

El recorrido que hizo fue el mismo que el que había hecho Laura, recientemente, solo que en esa época, antes de llegar a la aldea de Pan de Frutas y alejada de todos, vivía una solitaria mujer a quien todos le temían.

Cuando Azucena iba por el camino que pasaba frente a una casa, al parecer abandonada, como salida de la nada, se presentó ante ella una misteriosa mujer, quien la saludó con un tono muy amable y una grata sonrisa. Decía llamarse Pandora e invitó a la joven e inocente aldeana a pasar la noche en su casa.

Azucena era tan inocente que confió en la dulce apariencia de Pandora y aceptó pasar la noche allí para luego continuar hacia la gran ciudad. Para la cena, Pandora preparó un gran banquete digno de un rey. Azucena nunca había visto tanta comida junta y toda para ella. La mesa tenía los más exquisitos manjares y postres que jamás había probado.

Rita Mendoza

Mientras cenaban, conversaban amenamente sobre Calabazas y su travesía para conquistar el escudo real. Terminada la cena y como era de esperarse, Azucena sintió mucho sueño. Después del largo viaje y de haber comido hasta saciar su apetito, solo quería dormir.

Al dirigirse al aposento de huésped que Pandora había arreglado para ella, quedó rendida en la cama, sin imaginarse lo que estaba a punto de suceder...

A la media noche, la dulce y joven Pandora se convirtió en una anciana horrenda y arrugada. Tenía unas enormes verrugas por todo su cuerpo, con dientes faltantes y los que les quedaban estaban manchados y filosos al igual que sus uñas largas y negras.

Pandora se dirigió a la habitación en donde pernoctaba Azucena, se acercó a ella y recitando unas palabras extrañas, absorbió su aliento extrayendo su lozanía y la maldijo para siempre.

Al día siguiente, Azucena despertó en medio de la nada como si todo lo que había vivido fuese un sueño, trató de buscar a Pandora, pero fue en vano. Era evidente su debilidad, su piel ya no tenía la frescura y la suavidad de antes, sus cabellos ya no brillaban como el sol.

Aún así, continuó con su viaje. Antes de llegar a la gran ciudad se detuvo a tomar agua de un arroyo y darle de beber a su asno, de repente vio en el agua el reflejo de un anciano, volteo hacia él y quedó impactada con lo que este le dijo:

Rita Mendoza

"Azucena, tan bella como la flor, debes de regresar a tu aldea lo antes posible, de lo contrario morirás y la maldición de Pandora se esparcirá por toda Calabazas".

Azucena le respondió que no podía regresar a su aldea, tenía llegar a la gran ciudad en busca del escudo real que su pueblo tanto necesitaba. "Entiendo que deseas más que nadie el bienestar de tu gente, pero si no regresas como te ordeno, ya no habrá esperanza, toda la aldea quedará en tinieblas. La mujer que conociste fue real. Pandora es una hechicera malvada que ha robado el brillo de tu juventud".

"A tu regreso encontrarás a un joven de buenos sentimientos, él te ayudará y te protegerá, con él formarás un hogar y tendrán una niña que terminará el viaje que iniciaste. Esta niña será muy especial, cuídala y dale todo tu amor, cultiva su confianza y enséñale a sonreír. Esto le dará las fuerzas necesarias para luchar contra las dificultades que ha de enfrentar". Dicho esto, como si se tratara del mismo viento, el anciano desapareció.

Azucena estaba muy confundida, no sabía si retornar a su aldea y defraudar a las personas que confiaron en ella o continuar el camino hacia la gran ciudad, y que la predicción del anciano se hiciera realidad. En ese caso toda Calabazas quedaría en tinieblas.

Después de reflexionar, tomó una decisión y con las pocas fuerzas que le quedaban emprendió el viaje de regreso a su hogar. Al llegar a las afueras de Calabazas,

Azucena se cayó de la carreta, por suerte un joven que estaba sembrando semillas de calabazas, fue en su auxilio. Este, al retirar el cabello de su rostro, supo quién era.

Era su bella y amada Azucena, la misma con quien jugaba cuando niños y con quien soñaba casarse algún día. Rápidamente la subió a la carreta y la llevó a la aldea. Allí todos salieron de sus casas para ver qué había sucedido. Llamaron a los ancianos más sabios de Calabazas, buscaron las hierbas más poderosas con las que hicieron una pócima que le devolviera la vida a la joven.

Enrique, quien es el padre de Azucena, se encontraba en el palacio real organizando el banquete. Al no ver llegar a su hija junto a las demás jóvenes de la escuela de señoritas, se inquietó mucho. Supo que algo malo le había pasado, pidió permiso al rey Amadeus para ausentarse y regresar a la aldea; desde ese día nunca más volvió al palacio real, ni a la gran ciudad.

Al llegar a la aldea de Calabazas, Enrique se reencontró con su hija Azucena, quien llevaba tres días en un profundo sueño... Enrique y todos los aldeanos se tomaron de las manos unos a otros, pidiendo un milagro para su hija... entonces, ante la mirada desconsolada de todos, Azucena despertó. Nadie sospechó que la maldición de Pandora, aunque se había extinguido gracias a la fuerza del amor de los aldeanos, dejó una profunda huella en ella.

Nadie en la aldea volvió hablar sobre lo sucedido hasta el día en que Laura nació. Sus grandes orejas y ojos eran un indicio de la maldición de Pandora, pero el amor fue más poderoso y se manifestó en los lunares en forma de corazón que adornan sus mejillas. Por esta razón todos en la aldea amaban y protegían a la niña; su madre se había sacrificado por ellos, pero además Laura era tan tierna que era imposible no amarla.

Después de que Laura terminó su presentación, todos se quedaron conmovidos. No podían creer que detrás de ese extraño rostro podía existir un ser tan especial, de cuya alma brotaban las palabras más amables y sutiles, a pesar de las burlas y los insultos que le propinaron las demás jóvenes.

Las maestras, absortas, no tuvieron otro remedio que permitir que se quedara en la escuela, aunque dudaban de que pudiera lograr llegar al final de las pruebas.

Algunas de las alumnas que antes la habían rechazado, se acercaron a ella, querían aprender de su elocuencia y su fortaleza; muchas de ellas nunca podrían soportar tanta humillación como la que tuvo que pasar Laura.

Al término de la reunión de bienvenida a la escuela, cada joven fue guiada hacia su habitación, las de familias más pudientes les correspondían las más amplias y lujosas de todas, mientras que a otras las más sencillas. Como Laura era de una aldea muy humilde

Rita Mendoza

y sin riquezas, le dieron un espacio fuera de la casa principal, al lado del establo.

Como estaba acostumbrada a la vida del campo, a dormir bajo las estrellas y a no tener comodidades, no le importó el lugar, lo único que le importaba era regresar a su amada aldea llevando consigo el escudo real.

El lugar estaba sucio, lleno de escombros y telarañas por doquier, también tenía un olor desagradable, pues al lado dormían los caballos; pero esto no hizo que Laura se desanimara, ya había pasado la primera prueba guiada por el consejo de Arkazú y la primera de las llaves, la del Amor.

Muy temprano en la mañana, antes de que todas se despertaran, Laura buscó una escoba y un balde de agua, comenzó a limpiar todo el lugar, quitó las telarañas, desempolvó y barrió cada rincón, sacó todo lo que no servía. Para ella no era tarea difícil. Desde pequeña ayudaba con los quehaceres de la casa. En un cuenco de higüero colocó unas florecillas silvestres que había cortado del jardín, acomodó la estrecha cama y tendió la cobija que su madre le había tejido.

Acomodó todos los regalos que llevó desde Calabazas y que les fueron entregados con mucho amor por los aldeanos.

Antes de salir el sol, el pequeño cuarto estaba resplandeciente y a pesar del molestoso olor de los

caballos, del cuenco de flores emergía un delicado aroma.

Terminada la limpieza, se aseó y se puso un bonito vestido con bordados de flores, hecho especialmente para ella por Carmelia, la costurera de la aldea, a quien en sus días libres le ayudaba a hacer ojales, ruedos y pegar botones. El vestido, así como muchos otros objetos, era parte de los presentes que los aldeanos con tanto esfuerzo le obsequiaron a Laura para su estadía en la gran ciudad.

Así como Carmelia, Maravides preparó para Laura un perfume compuesto por lavanda, ylang-ylang, azahar, lilas, geranios y gardenias, todo en su justa medida, creando un refinado aroma que ni siquiera las mujeres más ricas de toda Arabella poseían uno igual. Maravides también le dio un bálsamo con pigmento de rosas para resaltar sus labios y su linda sonrisa. Con todo esto la joven estaba lista para su primer día de clases.

Salió de su pequeño cuarto y se dirigió a la casa de estudios, allí se reuniría con todas las jovencitas y sus maestras, estaba ansiosa y muy emocionada por todo lo que aprendería en su primer día de clases.

Cuando llegó al salón estaban todas reunidas, lucían trajes hechos con finas telas, joyas preciosas y tocados de encajes y flores en sus cabellos. Berarminia, la más petulante de todas, se acercó a Laura y dejando caer un pañuelo de seda al piso, le ordenó que lo levantara cual si fuese su sirvienta.

Todas las demás se quedaron mirando, incluyendo a las profesoras que no dijeron nada para defender a Laura, pero esta, con la humildad que la caracterizaba, se inclinó y recogió el pañuelo, con delicadeza lo dobló y con una gran sonrisa se lo entregó a Berarminia, quien disfrutaba humillar a los menos afortunados que ella.

Pero esto no fue todo, Laura le dijo unas palabras que no olvidaría jamás... "No todo el humilde que se inclina ante el presuntuoso lo hace por sus carencias, sino por la grandeza y la nobleza de su corazón".

Dicho esto, Laura levantó la cabeza y se dirigió hasta su asiento. Berarminia se quedó pasmada, pues no logró su objetivo, que era ridiculizar a Laura, y por el contrario despertó la admiración de las demás compañeras hacia la joven.

Luego de todo lo acontecido, era hora de comenzar la primera lección que estaba a cargo de la maestra Clotilde, una señora robusta con aspecto y temperamento de militar, muy estricta con su clase de Etiqueta y Protocolo. Tenía una vasta experiencia en el tema, ya que formaba parte del séquito del rey y conocía al dedillo cómo debían de comportarse ante este.

Clotilde explicó todo lo que debían aprender antes de presentarse ante el Rey, les enseñaría a comportarse en todo momento, desde la forma de caminar, hasta cómo sentarse, los modales en la mesa, hablar correctamente... Mientras la maestra hablaba,

Laura pensaba en su aldea, en cómo se encontraban las personas que dejó allá, sus animales, las plantas, pero sobre todo sus padres, no había tenido la oportunidad de escribirles aún. En ese instante la maestra interrumpió su pensamiento con un tablazo en la mesa.

Con el susto, Laura saltó de la silla y todas rieron, algo no muy gracioso para la maestra Clotilde, que aprovechó el momento para poner a prueba a la jovencita y así deshacerse de ella de una vez y por todas; desde el primer momento en que la vio no le agradó y pensaba que era una pérdida de tiempo tenerla en la escuela.

"Bien jovencita, serás la primera en hacer la prueba de caminar", dijo Clotilde. "Te colocaré un libro en la cabeza y tendrás que caminar por todo el salón con él sin dejarlo caer". La maestra tomó el libro más pesado que había en el salón, se lo colocó a Laura con rudeza en la cabeza como si quisiera pegarle con él.

Las demás alumnas observaban con atención y esperaban el momento en que se le cayera el libro, lo que no sabían era que Laura, al crecer en una aldea tan pobre, ayudaba a su familia, no solo en el aseo de la humilde casa, sino que también acompañaba a su papá a cosechar las frutas y vegetales que este cultivaba con gran esmero. En ocasiones eran tan buenas las cosechas que tenían suficiente frutos para compartir con todos en la aldea, lo que llenaba de alegría a Benjamín.

Como tenían que recoger rápidamente los vegetales y las frutas, para evitar que los pájaros y las libres las dañaran, llevaban sobre su cabeza una cesta y en sus manos los sacos que contenían dichos frutos.

Al principio fue difícil para la niña mantener el equilibrio, pero con el tiempo se convirtió en toda una experta, así que la prueba del libro la pasó sin dificultad, lo que no le agradó para nada a la maestra Clotilde. Una vez más Laura había superado la prueba, pero ¿sería posible que saliera airosa de las demás?

La siguiente prueba era el sentarse correctamente, todas debían de sentarse justo al borde de las sillas y luego entrecruzar las piernas manteniendo las rodillas unidas e inclinándolas hacia un lado, mientras mantenían el torso recto y la cabeza erguida. La petulante Berarminia perdió el equilibrio y cayó de su silla, todas las demás rieron, haciendo enojar a la maestra Clotilde.

Aunque no fue una prueba fácil para Laura, quien acostumbraba sentarse en el suelo o acostarse en el pasto, pudo mantener el equilibrio. Así transcurrió el día, entre pruebas y clases de buenos modales.

De camino a su cuarto, Laura pasó a visitar a Molondrón al establo, quería asegurarse de que estuviera bien, además él era su único amigo, a quien podía contarle todo lo que le había sucedido, sabía que aunque este no le podía hablar, escuchaba con atención y al acariciarla con su cabeza olvidaba que estaba tan sola y lejos de su hogar.

A la mañana siguiente y como todos los días, Laura se despertaba muy temprano con el cantar de los gallos. Estaba presta a aprender, sabía que de eso dependía lograr una audiencia con el rey.

La clase de ese día era de los buenos modales en la mesa y de cómo utilizar los utensilios correctamente, algo que nunca antes había hecho. En su hogar acostumbraban comer con las manos. Decían que la comida sabía más sabrosa y era más nutritiva de esta forma.

Todos sabían que eso no era cierto y que lo decían porque ellos no tenían dinero para comprar cubertería y mucho menos vajillas tan finas y costosas como algunos otros aldeanos, así que trataban de ser felices con lo poco que tenían, para ellos lo más importante era estar unidos, no existía riqueza más valiosa que la familia con quien el pan compartido era más sabroso.

Ya en el salón, la mesa estaba dispuesta, tenía cosas que nunca antes había visto. Por suerte para Laura, la maestra de ese día era Virginia, una joven muy inteligente y refinada, pero a la vez muy sencilla. Ella también provenía de una pequeña aldea de Arabella llamada Flamboyán y, como es bien sabido, su nombre se debe a los árboles de flamboyán que siempre están florecientes, con colores anaranjados, rojos, amarillos..., son muy hermosos.

Virginia llegó igual que todas las jovencitas a la escuela de señoritas varios años atrás y fue la única de su clase que obtuvo el escudo real y a partir de ese momento la aldea de Framboyán se convirtió en una de las aldeas más prósperas de toda Arabella. Por esa razón Virginia fue escogida para instruir a las nuevas jóvenes.

Todas las alumnas procedieron a sentarse a la mesa con la ayuda de los caballeros de la corte, quienes asieron las sillas. Muchas de ellas estaban acostumbradas a ese tipo de banquetes, especialmente aquellas que provenían de familias pudientes y que desde pequeñas aprendieron a comportarse en la mesa, ese era el caso de Estephania, quien era hija de uno de los mercaderes de telas más ricos de Arabella, el señor Arcalaf, y quien gracias a su fortuna pudo comprar el título de Caballero de Monte Verde a Jeremías, quien fuera uno de los consejeros del rey hace ya muchos años.

El mercader siempre llevaba consigo un lacayo, quien lo anunciaba como si se tratara del mismo rey. Su hija también era anunciada cada vez que llegaba al salón de clases como la señorita Estephania de los Milagros Arcalaf de Monte Verde. Estephania solo se juntaba con las señoritas de su clase y el motivo de estar en la escuela era para poder llegar al palacio de Arabella y solicitar del rey que le concediera a su padre el título de Duque.

Volviendo a la clase, era evidente que Laura estaba muy nerviosa y asustada. Nunca en toda su vida había comido con tantos platos, copas y tenedores, entre ellos unos grandes con cuatro dientes, otros con tres y otro más pequeño con dos, también había unas tenazas, varios cuchillos, por cierto uno muy extraño, era plano y no tenía filo, en fin... la mesa estaba puesta como para un ejército y no para diez alumnas que representaban las diez aldeas de Arabella.

Laura observaba cómo los sirvientes servían el agua en las copas, colocaban el pan en un plato pequeño a su izquierda y luego, en un tazón, servían algo líquido de color verde, que realmente no se veía apetecible.

Todas las señoritas tomaron un paño de tela que estaba a la izquierda de los tenedores, unas lo colocaron en el cuello y otras sobre sus piernas, mientras que la maestra Virginia tomaba nota. Era muy importante pasar esa clase, de ella dependía que todo resultara bien en el banquete real al que asistirían todos los reyes y reinas, las princesas, duques, condesas y todos los nobles de las cortes vecinas. Era el evento más grande que se realizaba en Arabella.

Laura no sabía qué hacer, dónde colocar el paño o servilleta, como le llamaban las demás, con qué utensilio se comía esa cosa verde, pues ella siempre comía con las manos y en su defecto se llevaba la vasija de higüero a la boca. El tiempo pasaba y ella no había probado bocado. Esto la hizo reflexionar sobre las llaves de Arkazú, ya había usado la primera y gracias a ella fue aceptada.

Ahora solo le quedaban dos y tenía que usarlas con inteligencia, pero ¿cuál de las dos sería la correcta en

Rita Mendoza

ese preciso momento? Laura decidió utilizar La Llave de la Confianza.

Arkazú le dijo: "Esta llave es muy poderosa, porque despeja las dudas y te dará valor para enfrentar cualquier situación, es creer que todo es posible, que puedes lograr todo lo que te propongas si confías en ti y en tu instinto". También le advirtió que si no la usaba con inteligencia esta podría ser muy traicionera, por eso debía ser muy cuidadosa en depositar su confianza en otras personas, pues nunca se sabe lo que llevan en su interior y sí realmente se muestran tal y como son.

Laura tomó el riesgo de utilizar la llave de la confianza, aún sabiendo que no era del agrado de las demás jovencitas y que fácilmente podía caer en una trampa por confiar en que ellas estaban utilizando los utensilios de la manera correcta. También podía ser un plan para que ella cometiera graves errores. La única que estaba en riesgo de quedar fuera y sin posibilidad de alcanzar su meta era ella. Las demás tenían su lugar asegurado porque sus familias se encargaron de pagar por él.

La llave de la confianza indicaba que primero debía de confiar en sí misma y que también debía utilizar su instinto para no equivocarse, algo que también aprendió de su abuelo. Entonces decidió observar a las jóvenes que consideraba tenían experiencia en el tema. Miró a Estephania, luego a Berarminia, también vio cómo se comportada Laila, de la aldea de Champiñón, era la más tímida de todas, pero muy inteligente. Sus padres la obligaron a ir a la escuela en contra de su voluntad.

Ella se había enamorado de un joven humilde al que ellos no aceptaban, por eso pensaron que si ella lograba llegar al palacio, algún noble caballero conquistaría su corazón y se olvidaría para siempre del pobre cultivador de champiñones.

Laura también obser vó a Abigail, pero afortunadamente no siguió su ejemplo, pues esta era muy glotona, comía tanto y tan rápido, que casi se atraganta.

Así fue observando a cada una de las jóvenes y siguió los pasos de aquellas que parecían tener más dominio. Se colocó la servilleta en el regazo, con delicadeza tomó la cuchara y hacía los mismos movimientos que las demás, de adentro hacia afuera. Gracias al tiempo que tardó en comer, la sopa estaba un poco fría y no corrió el riesgo de quemarse la boca como Karmine; aunque el sabor de la sopa de espárragos no le era grato, controló muy bien sus expresiones faciales.

Cuando veía que alguna de sus compañeras dejaba de comer, o tomaba la servilleta para limpiar sus labios, ella también lo hacía. Así transcurrió el primer plato, luego le llevaron la siguiente entrada, tenía la forma de las semillas de cajuil que a ella tanto le gustaban, pero su color era rosado pálido, su textura era gomosa y estaban servidos en una copa, le llamaban frutos del mar. Jamás había comido algo así, ni siquiera imaginaba que existían frutos en el mar, ella solo conocía los que se cultivaban en la tierra.

Laura se preguntaba cómo se cultivaba en el mar, cómo las semillas podían quedarse intactas en el fondo y no ser removidas por el agua, si en el campo cuando llovía mucho todas las semillas que estaban recién plantadas salían de la tierra y tenían que volver a sembrarlas.

Aunque Laura nunca había visto el mar, recordaba que su abuelito le contaba de sus travesías y de las muchas veces que acompañó al rey en sus viajes por el mar hacia tierras lejanas.

A pesar de que no entendía, siguió con su plan de observar y hacer lo mismo que las demás. Tomó el tenedor pequeño de dos dientes y con él insertó un fruto del mar y lo llevó a su boca. Pensó que no sabían como los frutos de la tierra, pero no eran tan malos.

Así continuó con su prueba, hasta llegar al siguiente plato, ahora tenía que utilizar el tenedor y el cuchillo al mismo tiempo. Cada vez era más complicado y sentía que ella no sería capaz. En eso pensó en sus padres y en su aldea. No podía defraudarlos, además había llegado tan lejos que no iba a darse por vencida. Debía confiar en ella. Entonces tomó el cuchillo con su mano derecha y el tenedor con la izquierda como las demás y aunque con dificultad, poco a poco fue cortando el pedazo de carne y así lo hizo hasta el final.

La maestra Virginia estaba sorprendida de ver a Laura tan tranquila. Hasta ese momento todo iba bien, pero ahora tenía que colocar los cubiertos de forma que indicarán que ya había terminado y eso ella no lo sabía.

Sin que las demás alumnas se dieran cuenta, Virginia, que era muy bondadosa y sabía que de esa prueba dependía el futuro de Laura y de su aldea, se acercó sigilosamente a ella, y dejando ver un dibujo que había hecho en su cuaderno de apuntes, le mostró la forma correcta de dejar los cubiertos.

Laura miró rápidamente y sin que la profesora Clotilde, quien también estaba muy atenta a todo lo que ella hacía, se diera cuenta, colocó el tenedor y el cuchillo en la forma correcta. Gracias a la generosidad de Virginia, a los consejos de Arkazú y a su propia astucia, Laura pasó la prueba con excelentes calificaciones, algo que las demás no podían creer.

Ella estaba muy feliz, solo le faltaba pasar una prueba más para poder asistir al banquete, y allí podría contarle al rey sobre las necesidades de su aldea. Al terminar la clase se fue corriendo a contarle a Molondrón lo bien que le había ido y todas las cosas nuevas que aprendió, también le contó sobre los frutos del mar.

Luego de conversar con su amigo Molondrón, se fue a dormir a su pequeño cuarto, sentía que estaba lista para enfrentar los retos del día siguiente en la clase de Oratoria. Era muy importante que todas las señoritas se

expresaran correctamente y Laura no era la excepción. Aunque poseía una voz preciosa, tenía que pulirse y aprender las palabras adecuadas para dirigirse al rey. Esa noche Laura durmió profundamente, soñando con todo lo que había logrado y con todo lo que iba a lograr.

A la mañana siguiente fue la primera en llegar al salón de clases. Estaba muy entusiasmada, el día de la última prueba había llegado, estaba confiada en que aprobaría la lección. La maestra de ese día se llamaba Rania Primadona de los Lirios, una distinguida dama de alta sociedad, quien se casó con el Barón Maximiliano, de la aldea de Los Lirios.

Rania, al igual que todos los integrantes de la nobleza, debía de hacer obras de caridad y organizar eventos de beneficencias, además de ser la maestra de Oratoria, también era la encargada de organizar el banquete real y de asegurarse que todo marchara a la perfección.

Lo primero que hizo la maestra Rania fue colocar a todas las señoritas en fila, y las fue observando una por una. Primero pasó por donde Catalina de la aldea de Carambolas, Karmine de Solgiral, Felicidad de Uveral, Berarminia de Pan de Frutas, Laila de Champiñón, Estephanía de Monte Verde, Zoe de Flamboyán, Abigail de Damasco, Esmeralda de los Lirios y por último Laura de Calabazas.

Al ver a Laura, la maestra Rania quedó impactada. Nunca había visto a una joven con ese aspecto, con orejas y ojos tan grandes y con esas manchas en sus mejillas en forma de corazones. Era una extraña criatura. Laura, al ver la expresión de la maestra Rania, volvió a sentirse triste. Ya había olvidado que era considerada diferente a las demás, aunque todavía no entendía el porqué.

La reacción de la maestra la llenó de dudas, pero sobre todo de curiosidad, quería saber qué sucedía con ella y por qué todos se espantaban al verla, por lo que tomó la decisión de averiguarlo después de terminada la clase.

Pasado el asombro de la maestra, comenzaron con las clases. Primero les enseñó a respirar para que se sintieran más tranquilas y pudieran controlar sus nervios y así expresaran sus ideas con claridad y sin temor. Luego le entregó un lápiz a cada una e hizo que lo mordieran con los dientes frontales y recitaran un poema en voz alta. Con este ejercicio las palabras saldrían con más fluidez. Ese ejercicio era ideal para Zoe, quien era tartamuda y por eso evitaba hablar. Así que con las prácticas fue mejorando.

Como parte de la clase, cada alumna debía demostrar sus habilidades artísticas: unas declamaron una poesía, otras actuaron y Laura escogió cantar. Era algo que le gustaba y que todos admiraban en ella. Cuando comenzó a cantar, todo el salón quedó en silencio. Solo se escuchaba una dulce y melodiosa voz. Era inexplicable tanta belleza brotando de un ser tan extraño.

Al terminar de cantar, todas se pusieron de pie para aplaudirla, incluyendo a la maestra Clotilde y a Berarminia, que aunque no estaban muy contentas no podían evitar el sentirse conmovidas con la voz de la pobre aldeana.

La clase estuvo muy interesante e hizo que Laura recuperara su confianza y olvidara averiguar el misterio de su apariencia. Por último, la maestra Rania le pidió a cada una de las alumnas que escribieran su presentación y la practicaran para que cuando estuvieran frente al rey Amadeus, no se les olvidara.

¡Al fin terminaron las pruebas! Laura estaba lista y continuó poniendo en práctica todo lo aprendido en los días previos al banque real. Cada día se levantaba temprano y después de arreglar y limpiar su cuarto se sentaba en el pasto. Pensaba en todo lo que necesitaba su aldea, también recordaba la bondad de su gente, las que habían depositado toda su confianza en ella...

En la aldea de Calabazas, Benjamín y Azucena se preguntaban cómo estaba su pequeña, si los extrañaba y si ya había visto su rostro. Estaban muy preocupados porque no tenían noticias de ella. No sabían si la habían aceptado en la escuela o por el contrario, si la habían rechazado por su apariencia, y de ser así, dónde estaba, por qué no había regresado a su hogar.

Los padres de Laura se sentían culpables del destino que esta tenía que enfrentar, ella no estaba preparada para saber la verdad; durante toda su vida le ocultaron su propio aspecto y le hicieron creer que era igual a todos en la aldea.

Cada día, Benjamín subía a la cima de la montaña y se quedaba mirando fijamente el horizonte. Pensaba que en cualquier momento vería el reflejo de su adorada hija.

Por otro lado los habitantes de Calabazas ya no eran los mismos. Laura se había llevado su alegría, era la más querida de todos. Extrañaban sus travesuras, sus risas y su canto, también los abrazos y los besos que recibían de ella cada mañana. Hasta el gruñón del zapatero Rigoberto, no podía ocultar su tristeza. En ocasiones, mientras arreglaba los zapatos, las lágrimas caían de sus ojos y él, para que nadie se diera cuenta de que estaba así por Laura, decía que era el olor del pegamento que le hacía llorar.

La señora Olivia, la más anciana de todos en la aldea y quien fuera la partera en el nacimiento de Laura, todos los días colocaba un cuenco de té para ella y otro para su niña, como le llamaba, se sentaba en su vieja mecedora y se ponía a hablar tal y como lo hacía todas las tardes con Laura, quien era muy parlanchina y le sacaba conversación hasta a los mudos. A los aldeanos de Calabazas no les importaba el escudo real, ni los favores del rey, solo querían que Laura volviera siendo la misma niña feliz de siempre.

Una de las personas que más sufría con la partida de Laura era su abuelito Enrique, aquel que le habló de todos sus viajes por el mar. La extrañaba tanto que había dejado de comer; ya no salía a tomar el sol, había descuidado sus rosales los que poco a poco se iban secando por las malas hierbas; tampoco quería hablar con nadie. Todos temían que no soportara la ausencia de su nieta y que muriera de tristeza.

Calabazas ya no era la misma de antes, hasta los más pequeños sentían la ausencia de Laura.

En la gran ciudad, Laura había hecho algunas amigas en la escuela, Zoe la tartamuda, Abigail la glotona, quien se pasaba todo el tiempo comiendo. Laila, que solo pensaba en regresar a la aldea de Champiñón a reencontrarse con su amado y Felicidad, quien llevaba muy bien su nombre ya que siempre estaba de buen humor; las demás apenas le dirigían la palabra y cuando lo hacían era para burlarse de su aspecto y de su ropa.

Laura se había ganado el cariño de las maestras Rania y Virginia, quienes se convirtieron en sus madrinas. Gracias a ellas mejoró su forma de hablar y de comportarse, aclaró sus dudas sobre los frutos del mar, ya sabía que lo que le sirvieron en el almuerzo se llamaba camarones y que son unos animalitos que viven en el mar al igual que los peces y otras especies.

También le habían enseñado un poco de historia y matemáticas. Cada día salían al campo a respirar aire puro y aprovechaban el tiempo explorando y conociendo todo lo que la madre naturaleza les proveía.

Rita Mendoza

Rania y Virginia estaban muy felices de ayudar a Laura, quien las deleitaba con su dulce voz. Ellas sabían que la tarea que le esperaba no era nada fácil y que por su apariencia podría sufrir las burlas de todos los invitados al banquete real; eran personas muy vanidosas a las que solo les importaba el exterior y las riquezas materiales de los demás, y eso podría ser devastador para Laura.

Mientras tanto, la maestra Clotilde continuaba conspirando contra la pobre aldeana de Calabazas. Se propuso impedir a toda costa que esta llegara al palacio real. Clotilde se reunía en secreto con Berarminia, Estephania y Karmine, quienes eran las más ricas y arrogantes de todas; Catalina y Esmeralda eran bastante torpes y podían arruinarlo todo. Por lo tanto no las incluyeron en su plan.

Berarminia se preguntaba cómo era posible que Laura no se acomplejara de su aspecto. Decía que si fuera ella, no saldría de su habitación ni arrastras.

Por otro lado Estephanía proponía arruinar el vestido con el que Laura se presentaría en el banquete real, pero la maestra Clotilde se opuso. Sabía que ese plan no resultaría, porque las maestras Rania y Virginia se encargarían de prestarle otro. Entonces dijo Berarminia: "¿qué tal si pusiéramos algo en su té que no le permitiera hablar y mucho menos cantar?".

Eso sería una buena idea, dijo Estephanía, pero Clotilde no estaba de acuerdo... Entonces Karmine dijo: "podríamos convertirnos en sus mejores amigas".

"¿Qué acabas de decir?", gritaron al unísono las demás, "¿Nosotras amigas de esa extraña y pobre criatura?" ¡Eso jamás!

Pensándolo bien, dijo Clotilde... "esa podría ser una buena idea". ¡Mientras más cerca estén de ella, más fácil será destruirla. Siendo sus amigas podrían sembrar la semilla de la inseguridad en su corazón y cuando esta germine, ella sola regresará a la insignificante aldea de donde salió! ¡Siendo así... aceptamos! Replicaron Berarminia y Estephanía. Así dieron inicio a su plan, poco a poco se fueron acercando a la inocente y bondadosa joven de Calabazas.

Aunque Abigail, Felicidad, Laila y Zoe le advirtieron a Laura que no confiara en las demás, esta pensaba que todas las personas merecían una oportunidad y Karmine, Berarminia y Estephania no eran la excepción. Además, estaba segura que cuando la conocieran más afondo terminarían por quererla.

Laura olvidó las palabras de Arkazú, cuando le advirtió que la llave de la confianza podía ser muy traicionera, que debía de ver el interior de las personas antes de confiar en ellas y abrirles su corazón, pues una vez dentro de él, podrían hacerle mucho daño, al punto de destruir su amor propio.

Los días pasaron y se acercaba la fecha del gran banquete. Cada día, Berarminia, Karmine y Estephanía se acercaban más a Laura, acaparaban toda su atención y no dejaban espacio para las demás. Le halagaban su

Rita Mendoza

bella voz y se mostraban muy amables con ella, pero antes de irse a dormir se reunían con la maestra Clotilde para contarle todos los pormenores de sus encuentros con Laura. Esperaban el momento oportuno para su estocada final.

Laura, en cambio, estaba muy feliz, pensaba que tenía verdaderas amigas. Cada tarde le contaba a Molondrón lo maravillosas y divertidas que eran; muy diferentes a las que conoció al llegar a la escuela. Ella estaba segura de que realmente la apreciaban.

Al anochecer, sentía nostalgia al pensar en su abuelito y también imaginaba las largas conversaciones que tendría con él a su regreso. Entonces sería ella quien tendría una nueva historia para contar. Estaba muy orgullosa de todo lo que había aprendido y que luego les enseñaría a los demás niños de la aldea, hacía planes de darles clases de etiqueta y pensó en pedirle a Rafaelo que hiciera algunos cubiertos para ellos.

Un día, antes del banquete real, las maestras se reunieron con sus alumnas para ultimar los detalles de su presentación ante el rey. Ensayaron durante horas cómo caminar, sentarse, los modales en la mesa, su dicción. Todo tenía que quedar perfecto, un error podía costarles muy caro a todas. El rey Amadeus era muy estricto y exigente con sus invitados, especialmente con aquellos que iban a pedir sus favores.

Se cuenta que una vez, una de las aldeanas escogida para asistir al palacio, arruinó el banquete real. Tuvo la osadía de reclamarle al rey la devolución de los impuesto que había pagado su familia, lo acusó de ser un ladrón sin corazón. Decía que su padre había trabajado toda su vida para ahorrar ese dinero y él lo despilfarraba en finas telas, joyas, perfumes y en grandes banquetes, sin importarle el sufrimiento de sus súbditos.

El rey Amadeus, irritado por los insultos de la joven llamó a sus guardias, entre ellos el temido Helios quién arrestó a la joven por órdenes del rey, por insolente, y la condenó al trabajo forzado y su familia fue desterrada de Arabella.

La aldeana fue liberada después de haberse convertido en una anciana, nadie sabe qué sucedió con ella. Algunos cuentan que vivía a las afueras de Pan de Frutas. Otros decían que el dolor de no volver a ver a su familia le oscureció el corazón y juró vengarse del rey Amadeus, quien según las malas lenguas, todas las noches despierta asustado por las horribles pesadillas que lo atormentan desde entonces, ya que piensa que en cualquier momento la anciana regresará a vengarse de él.

Todas las jovencitas quedaron pasmadas de saber lo que les podría pasar a ellas. Clotilde juntó a las malvadas de Estephanía y Berarminia, al escuchar la historia de horror de la joven víctima del rey, no perdieron tiempo y de inmediato comenzaron a poner en marcha su plan, que llevaría a Laura a correr la misma suerte que hace años le tocó a esa misteriosa mujer.

A pesar del susto de lo que les podría pasar, las jóvenes estaban entusiasmadas por que llegara el gran día. En sus habitaciones, cada una de ellas escogió el traje más bello que tenía, así como las zapatillas, tocados, joyas... querían lucir radiantes. Ninguna iba a permitir ser opacada por las demás.

Estephanía, llevaría un vestido hecho con las más finas telas, ya que su padre era el mercader de telas más rico de Arabella y mandó a buscar a tierras muy lejanas las más caras y bellas sedas para su hija; su vestido estaba bordado con hilos de oro, también le mandó a hacer un collar de zafiros y diamantes. Su hija tenía que ser la más bella de todas, ya que él no se conformaba con el título de Caballero, quería que el rey le nombrara Duque de Monte Verde.

En su habitación, Berarminia también tenía un vestido muy costoso. Estaba bordando con finos cristales y perlas y también tenía un tocado en oro puro con incrustaciones de piedras preciosas. Sus padres aunque no eran los más ricos de Pan de Frutas y no tenían tanto dinero como el mercader de Monte Verde, tenían muy buenos ahorros y los utilizaron para que Berarminia luciera espectacular en el banquete, ya que estos eran tan pretenciosos como ella.

Por su parte, Karmine, quien decía pertenecer a una de las familias más importantes de Solgiral, algo que no era cierto, pues su padre trabajaba de sol a sol cultivando girasoles para poder mantener a su familia;

pero su mujer, Acacia y su hija Karmine, nunca estaban conformes con lo que él le podía proveer y era forzado a tomar algunas monedas prestadas, por las que debía pagar grandes intereses y así complacer a su mujer y a su hija.

El pobre Estanislao no se atrevía a llevarle la contraria a Acacia, quien hacía todo lo posible para que su hija se casara con un hombre rico y poderoso que la sacara de la pobreza.

Acacia estaba segura de que la belleza de Karmine era suficiente para conquistar a un noble caballero y por eso no escatimó en gastar las monedas que le habían prestado a su marido para comprar un hermoso vestido y adornos que la hicieran destacar sobre las demás.

Zoe, Laila y Felicidad también tenían hermosos y extravagantes trajes para lucir en el gran banquete real. Aunque Laila no estaba muy feliz porque extrañaba a su amado de Champiñón, también se preparaba para el gran día y todo por complacer a su padre, quien tenía la esperanza de que un apuesto y noble caballero conquistara su corazón y así se olvidaría de una vez y por todas del pobre cultivador de champiñones.

Por otro lado, Abigail tenía problemas con su vestido. La ansiedad le había hecho comer más de lo habitual. Todos sabían que era muy golosa y que se pasaba todo el tiempo comiendo pasteles, pero en las últimas semanas había aumentado varios kilos, por lo que el traje que su padre mandó a comprar al vecino país de Alcalante, ya no le servía.

El padre de Abigaíl, tenía la idea de que su hija luciera muy hermosa y de ese modo conquistaría el corazón de un noble caballero y dejaría de comer un poco. Pero a Abigail realmente no le preocupaba que no le sirviera su vestido, a ella lo único que le importaba del banquete era la comida. Estaba locamente enamorada de los postres.

Mientras las demás se medían sus vestidos... en su habitación, Catalina estaba tratando de caminar con sus zapatillas de tacón, cada vez que daba un paso se caía. Tenía que agarrarse de donde pudiera para poder mantenerse en pie.

Esmeralda no era la excepción. No sabía ni por dónde comenzar. Había tratado de medirse el vestido y siempre se lo colocaba al revés, terminaba poniéndose la enorme cretona por encima del vestido. Aún no aprendía a diferenciarla de la falda. Y así todas se preparaban para presentarse ante el rey Amadeus.

En su pequeño cuarto, Laura desenvolvió los obsequios que le habían dado los aldeanos de Calabazas. Ya tenía el perfume y el bálsamo de labios de Maravides, unas zapatillas que le había hecho Rigoberto y que Rafaelo pintó de color coral y le adhirió pequeñas piedras de colores que buscó en el río, así como unas pequeñas florecillas y mariposas que hicieron sus alumnos.

Rigoberto pensaba que Laura era una oruga y que algún día se convertiría en una hermosa mariposa. Doña Gervasia, quien cultivaba las flores más bellas de toda Arabella, le regaló una hermosa corona para adornar su cabeza.

La corona estaba hecha de flores y cada una de ellas tenía un significado muy especial: violeta para que mantuviera la esperanza, gardenia por la alegría, geranio en recuerdo de su amistad, begonia por su amabilidad, clementina como la belleza de su alma, flor de ciruelo para que sea fuerte y cumpla su promesa, laurel por su nobleza. También le colocó algunas flores de madreselva y magnolia como símbolo de los lazos de amor que le unen a su familia y a todos en la aldea.

Su abuelo Enrique le entregó una perla que había encontrado a orillas del Mar de Su en uno de sus tantos viajes que realizó a ese lugar cuando trabajaba en la corte. Recordaba que la escondió celosamente de los guardias del rey. Era su obsequio para su adorada Rita, su esposa y compañera de toda la vida, a quien por los viajes dejaba de ver por mucho tiempo. Enrique estaba ansioso por regresar a Calabazas para darle tan valiosa joya a alguien que le había dado todo.

Al regresar del que fue su último viaje, Enrique solicitó al rey que le permitiera quedarse en Arabella para estar más cerca de su esposa, quien se encontraba muy enferma; pidió al rey que en cambio se hiciera acompañar de otro de sus súbditos en sus viajes a otros reinos. Este comprendió y aceptó su petición.

Cuando Enrique regresó a Calabazas con la valiosa perla, solo encontró una silla vacía y a su pequeña hija Azucena consternada; su gran amor había fallecido el mismo día en que él había partido hacia el mar... no pudo entregársela, pero lo que más lamentó fue que ni la perla más grande o las piedras más brillantes y costosas podían reemplazar el tesoro que había perdido.

Así que la guardó en una pequeña caja de madera, la que solo volvió abrir el día en que Laura partió a la gran ciudad. Le hizo un pequeño orificio por donde pasó un delgado hilo, y lo ató en los extremo para que lo usara como un collar.

Laura fue abriendo cada uno de los obsequios, hasta que por último abrió un gran paquete. Estaba envuelto delicadamente con grandes y anchas hojas del bosque. Al quitar la última hoja,... sus ojos brillaron. Era el vestido más hermoso que jamás había visto, digno de una princesa.

El vestido fue hecho por Carmela, sin que esta se diera cuenta, aprovechaba las horas en que Laura acostumbraba a tomar el té con la señora Olivia, para coserlo. Todos los aldeanos llevaron los pedazos de telas más finas que tenían, era lo único que ponían dar, no tenían suficientes monedas para comprar un traje costoso y mucho menos bordados en oro o plata como el de las demás jóvenes.

Carmelia unió cada retazo y así poco a poco le fue dando forma, ¡quedó hermoso! Era una mezcla de texturas y colores brillantes. Parecía un arcoíris en todo su esplendor.

En el vestido quedó plasmado todo el amor y la bondad de la aldea de Calabazas y su gente. Laura no tenía dudas de que ese sería el mejor día de su vida, no podía esperar a que llegara y se pasó la noche contando las horas para ver el nuevo y maravillo amanecer...

La maestra Clotilde, Karmine, Berarminía y Estephania, tampoco podían esperar a que llegara el día. Ya tenían todo listo, a la mañana siguiente llevarían a Laura de paseo por los jardines de la escuela, pero no por donde acostumbraban a pasear, esta vez irían cerca del lago.

En las conversaciones que habían sostenido con Laura, descubrieron que esta nunca había visto su rostro, no sabía qué era un espejo. En la aldea nadie tenía uno y jamás lo habían mencionado.

Cuando Estephanía le preguntó si ella acostumbraba buscar agua en el río, Laura respondió que nunca le permitían acercarse al río, ya que a sus padres les parecía que era muy peligroso para ella y preferían que se quedara en la aldea ayudando a sus vecinos.

Con esta información, la maestra Clotilde llegó a la conclusión de que esa era la razón por la que Laura no sentía vergüenza de sí misma, a pesar de las burlas, insultos y rechazos que había recibido al llegar a la escuela. Así que era obvio que la forma de acabar con ella, era mostrándole quién era en realidad, alguien muy diferente a los demás...

Esmeralda, al no poder encontrar la forma de ponerse su vestido, fue a pedirle ayuda a Catalina, cuando de repente escuchó un murmullo que salía de la habitación de Estephanía. Se acercó sigilosamente y sin que la notaran, pudo escuchar todo en el preciso momento en que las malvadas estaban reunidas conspirando contra Laura.

Aunque Esmeralda no era amiga de Laura, tampoco le disgustaba su presencia. Pensó en advertirle a la mañana siguiente que tuviera cuidado, ya que Laura dormía en el cuartito del establo fuera de la casa principal, lo que le producía mucho miedo a Esmeralda el salir a buscarla en medio de la noche.

Muy temprano en la mañana, Abigail fue corriendo en busca de Laura para que le ayudara con su vestido; como todas las niñas de Calabazas, Laura ayudaba a la costurera a pegar botones, a hacer ojales y ruedos; así que quién mejor que ella podía ayudarla.

Laura, como siempre, tan gentil, fue a ayudar a Abigail, llevó consigo un paño en donde guardaba algunos hilos y agujas que usaba para remendar su ropa. Eran tan viejas que al lavarlas se descosía uno que otro lado y siempre tenía que volverlas a coser.

En la habitación de Abigail se encontraban sus amigas Zoe, Laila y Felicidad, todas ayudando a que Abigail entrara en aquel vestido que le quedaba tan ajustado que no le cerraba. Era una misión imposible, Zoe replicaba: "te-te-te-telo dije –que –que –que no comieras tan-tan-tanto pas-pas-pastel", pero ya era demasiado tarde para sermones, tenían que buscarle una solución.

Laura tuvo la brillante idea de reemplazar los botones del vestido y en su lugar hacerles ojales, luego cortó un pedazo de tela del ruedo e hizo una cinta larga y fina con ella. Procedió a pasar la cita por los ojales de un lado a otro, como si tuviera tejiendo el cabello, entonces le pidió a Abigail que se pusiera una vez más el vestido, haló los extremos de la cinta e hizo un lindo lazo al final, luego arregló el ruedo; todas quedaron sorprendidas. El vestido le ajustaba perfectamente

Abigail, por su parte, se sintió muy agradecida con Laura. ¡Ya no tengo de qué preocuparme!, exclamó, a lo que Felicidad respondió: "¡Eso es muy cierto! Con los nuevos ajustes del vestido, Abigail podrá comer todo lo que quisiera, algo que no podía hacer antes con los botones que tenía, ya que era muy posible que salieran disparados en medio del banquete y uno de ellos cayera en la sopa del rey". Todas se echaron a reír con las ocurrencias de Felicidad.

Cuando Laura se disponía regresar a su cuarto, ya que faltaban unas pocas horas para el gran banquete y tenía que arreglarse, aparecieron Berarminia, Estephanía y Karmine, todas mostrando su mejor sonrisa al verla y la invitaron a dar un paseo por el jardín. Laura no estaba muy segura de ir, tenía que estar lista a la hora indicada por las profesoras, pues todas partirían juntas al palacio real.

Tras la insistencia de sus "amigas", aceptó acompañarlas solo por unos minutos. Mientras iban caminando por el jardín, estas le hacían preguntas sobre su familia, su aldea y todo lo que ella le pediría al rey ese día, de esta forma la ingenua joven de Calabazas no se dio cuenta de lo alejada que estaba de la escuela.

Al llegar al bosque, decidieron sentarse cerca de un lago de aguas cristalinas, tan transparente que parecía un espejo, todo esto con el pretexto de que el agua de ese lago era mágica, y si lavaban su cara con ella se verían aún más hermosas de lo que ya eran. La primera en lavar su cara fue Karmine y luego Estephanía, ambas decían lo maravillosas que se sentían y que su piel estaba más suave y tersa.

Berarminia motivó a Laura a que ellas también fueran a lavar sus rostros al lago, pues también tenían que verse muy bellas para ese día. Laura inocentemente accedió y fue al lago. Estaba un poco temerosa ya que nunca había estado cerca de uno, ni siquiera del río de su aldea.

Las tres malvadas estaban ansiosas esperando el momento en que Laura viera su reflejo en el agua.

Acercándose lentamente a la orilla del lago y mientras asomaba su cabeza al agua, Laura vio algo espantoso, no sabía qué era, pero aquello tenía orejas largas, unos ojos enormes y unas manchas en sus mejillas, era algo extraño lo que veía, se asustó tanto que pensó que era algún mostro en el lago. Al retroceder cayó sentada.

Las demás comenzaron a reír y ella no entendía por qué. Entonces Berarminia le dijo: ¿Te espantas de tu propio rostro? ¿Acaso piensas que a nosotras no nos da miedo verte también? Estephanía y Karmine le gritaban que ella era un mostro, que debía estar encerrada para que no espantara a las personas, pues nadie en el mundo tenía unas orejas y ojos tan grandes como los de ella y mucho menos esas manchas en forma de corazón en sus mejillas y que ahora Laura sabía por qué nadie quería ser su amiga.

Laura se echó a llorar, no podía creer que la imagen que vio en el lago era la de ella y mucho menos que aquellas a las que les brindó su amistad fueran tan crueles y malvadas. Berarminia, Estephania y Karmine regresaron a la escuela para arreglarse para el gran banquete, iban riendo todo el camino, estaban felices...

En la escuela, muy nerviosa, la maestra Clotilde esperaba el regreso de las jóvenes, caminaba de un lado a otro, pensando en si habían logrado su objetivo. Cuando las escuchó llegar salió rápidamente al jardín para que las maestras Rania y Virginia no se dieran cuenta de la ausencia de Laura y fueran a buscarla.

Las arpías estaban tan eufóricas que Clotilde no podía entender lo que le decían, hasta que las mandó a callar. Ya calmadas comenzaron a contarle todo lo que había pasado y de la cara que puso Laura cuando se vio por primera vez.

No tenían dudas de que habían acabado con ella y que no se presentaría en el banquete. Clotilde, feliz, pensó que ojalá y desapareciera para siempre en el bosque, pues un ser como ese debería estar en una cueva. Así que les ordenó a las jóvenes que no dijeran nada de lo sucedido.

Ese día, la madre de Laura sintió un dolor muy fuerte en su pecho. Sentía que su corazón se quería salir de la pena, no entendía la razón. Le ocultó a Benjamín su tristeza. Pero ella sabía que algo le sucedía a su adorada hija. El cielo de Calabazas se cubrió de nubes negras, algo inusual en esa época del año. Todos los aldeanos presentían que algo malo estaba por ocurrir y pedían a Dios que cuidara de Laura.

En el bosque, sollozando y desvastada se encontraba Laura. Sentía que su corazón se había roto en mil pedazos. No podía creer que toda su vida había sido engañada por las personas a quienes más amaba. Pensaba que todos en la aldea sentían lástima por ella y no amor y por eso le ocultaron la verdad. No entendía cómo le habían dicho que era igual a todos ellos y que ella era hermosa, cuando en realidad no era así.

Laura estaba sola, decepcionada de todos y también de sí misma. Su amor propio se había desvanecido y dejó de creer, perdió la confianza en sí misma. Ahora se avergonzaba de lo era...

Ella les abrió su corazón a personas que solo le querían hacer daño. Solo entonces entendió el consejo de Arkazú cuando le dijo del poder de llave de la confianza y lo traicionera que podía ser. ¡Ya estaba todo perdido para ella; la aldea de Calabazas nunca más volvería a ser la misma!

En el salón principal de la escuela, Rania y Virginia, junto a la maestra Clotilde, esperaban que las jóvenes terminaran de arreglarse; ya casi era hora de partir hacia el palacio real, todo parecía estar en orden. Una a una fue entrando al salón. Se veían hermosas con sus largos y holgados vestidos, hechos con las más finas y delicadas telas, con bordados en hilos de oro y plata. Algunos estaban cubiertos de centellantes cristales y perlas.

Sus elaborados peinados estaban adornados con tocados de oro, con piedras preciosas incrustadas, al igual que los collares que llevaban puestos. Todas eran dignas de admirar.

Ya era hora de partir, pero la maestra Virginia notó que entre todas ellas faltaba alguien muy especial. Nada más ni nada menos que la dulce y gentil joven de Calabazas.

Era muy extraño que no hubiera llegado aún al salón, siempre fue muy puntual. Rania preguntó a las demás jóvenes si la habían visto, a lo que Abigail, Zoe, Laila y Felicidad, respondieron que estuvo con ellas muy temprano esa mañana ayudando a Abigail con su vestido y que luego no volvieron a verla.

Berarminia, Estephanía y Karmine negaron haberla visto ese día, explicaron que habían pasado toda la mañana con la maestra Clotilde ultimando algunos detalles para su presentación y por supuesto que la maestra lo afirmó, ella también fue parte del macabro plan y no lo iba a arruinar.

Por su parte, la maestra Virginia fue a buscarla a su cuarto, pensó que a lo mejor había tenido algún contratiempo con su vestido y quizás podía ayudarla.

Esmeralda, que era tan despistada, olvidó lo que había escuchado la noche anterior en la habitación de Estephanía. Estaba tan concentrada en no hacer el ridículo en el banquete, que no pensaba en otra cosa más que en eso. Y Catalina, por su parte, aún no dominaba los tacones. Siempre que intentada dar un paso sus pies se doblaban hacia los lados, tenía que sostenerse de Esmeralda para no caer.

Cuando la maestra Virginia llegó al cuarto de Laura, tocó la puerta y al ver que no respondía decidió entrar. Allí vio sobre la cama el vestido que Laura usaría ese día, junto a este una corona de flores y un hilo con una bonita perla; en el suelo estaban sus zapatillas, pero Laura no estaba por ningún lado; así que Virginia fue a buscarla al establo en donde estaba su amigo

Molondrón. Ella siempre iba allí a conversar con él, pero tampoco estaba en ese lugar.

Virginia estaba muy preocupada, no sabía dónde estaba Laura y mucho menos podía sospechar lo que le había sucedido, ya que el día anterior todo estaba muy bien. Laura estaba muy feliz de asistir al banquete, por lo que no entendía qué había pasado con ella, ni a dónde había ido.

El tiempo pasó rápido y ya se les hacía tarde. Rania y las amigas de Laura estaban visiblemente afligidas. No podían creer que Laura no se presentaría al banquete, ya que era la oportunidad que ella y su aldea estaban esperando durante muchos años. Todos los aldeanos habían puesto sus esperanzas en ella, los regalos que le hicieron no eran los más costosos o finos, pero fueron hechos con mucho amor.

De regreso al salón de la escuela, Clotilde insistía en que tenían que partir sin Laura. Está claro que a esa jovencita no le importó habernos hecho perder nuestro tiempo y mucho menos desairar al rey, replicaba la malvada maestra. Cuando Virginia entró al salón no tuvo otro remedio que darles la noticia de que Laura se había marchado.

Zoe, Abigail, Laila y Felicidad no podían creer lo que escuchaban. La alegría que tenían en sus rostros se convirtió en tristeza. Ellas realmente aprendieron a quererla tal como era. Por otro, lado Karmine no podía ocultar su felicidad, miró a sus cómplices

Berarminia y Estephanía haciendo un gesto de que su plan había funcionado. Clotilde inmediatamente pidió que trajeran el carruaje que las conducirían al palacio real.

Mientras se alejaban de la escuela, Rania, Virginia y las amigas de Laura buscaban incesantemente con sus ojos a través de las ventanas del carruaje alguna señal de ella, pero perdieron las esperanzas al no ver nada que les indicara dónde encontrarla.

Laura seguía llorando de tristeza, estaba desolada y sentía que su vida no tenía sentido. De repente... escuchó unos pasos que se acercaban entre las hojas secas del bosque, al levantar la cabeza, frente a ella estaba el viejo Arkazú. La miró con ojos de bondad y se sentó a su lado en silencio.

Así duraron un rato sin decir palabra alguna. Laura pensaba que también a él lo había decepcionado al confiar en quienes no debía. Arkazú, que era muy sabio, pudo leer en su rostro lo que había sucedido. Él podía ver en su corazón su tristeza, también se dio cuenta de que ella había perdido el amor y la confianza en sí misma, ya había dejado de creer.

—Sé que es muy doloroso el ser traicionado por las personas en la que depositaste tu confianza. También sé que te dolió descubrir tu exterior, pues siempre creíste que eras como las demás personas. Sé que eso te ocasionó una gran herida en tu corazón –le dijo Arkazú.

—La vida es como un lienzo en blanco –continuó Arkazú–, cada uno de nosotros tiene el poder de pintarlo con los colores que desee; en él podemos plasmar nuestras emociones, sentimientos y deseos, así como también nuestras frustraciones y fracasos.

Es por esta razón que algunas personas prefieren pintar su lienzo de negro, como un reflejo de sus carencias, de la ambición, del egoísmo, la maldad y la envidia que llevan en su corazón y a consecuencia de esto oscurecen la vida de los demás.

En cambio, otras escogen pintarlo con colores claros, alegres y vibrantes, llenos de vida, de bondad, de esperanza, de compasión y de amor, para que todo aquel que lo vea pueda sentirse feliz y agradecido; y aunque otros traten de salpicar sus lienzos sembrando cizañas, odio y rencor, nunca podrán oscurecerlos porque tienen una actitud positiva ante la vida y esta es más poderosa que la maldad de esa gente.

Arkazú también le habló de Pandora: "Cada uno decide su propio destino. La joven que exigió al rey devolver el dinero que con tanto sacrificio y trabajo había conseguido juntar su familia, no era una persona malvada, todo lo contrario... su corazón era noble y puro, sufría al ver a su padre viejo y enfermo salir cada mañana a cultivar la tierra para poder llevar alimento a su casa, mientras que en el

Rita Mendoza

palacio real derrochaban todo lo que les quitaban a los pobres aldeanos en banquetes, preciosas y costosas joyas, sin importarles el sufrimiento de su gente, eran indiferentes a su pobreza.

Pandora se llenó de ira contra el rey Amadeus y fue condenada a pasar su vida como una esclava hasta volverse una anciana. El dolor que sentía era tan profundo que dejó que la oscuridad arropara su corazón. Se convirtió en un ser perverso, lleno de odio y de rencor. Entonces juró vengarse del rey, pero quien pagó las consecuencias de su castigo fue tu madre.

—¿Mi madre? –preguntó sorprendida Laura.

—Así es, tu madre fue su víctima –le respondió Arkazú.

—Cuando la joven y bella Azucena se dirigía a la gran ciudad, tratando de obtener el escudo real para su aldea, al igual que tú, esta fue engañada por Pandora, quien con un suspiro robó su brillo y la lozanía de su juventud y no conforme con eso arrojó una maldición sobre ella.

Laura no podía creer lo que el sabio Arkazú le estaba contando sobre su madre. Nunca nadie en la aldea le había hablado sobre lo sucedido, ni siquiera su propia madre. Ella pensaba que era la primera joven de Calabazas en ir a la gran ciudad, debido a que los aldeanos no tenían suficientes monedas para costear el viaje y la razón por la que la enviaron a ella en este momento era porque realmente necesitaban la intervención del rey; su aldea había crecido tanto en los últimos años, que los alimentos escaseaban y no eran suficientes para todos. Era urgente pedir ayuda.

Arkazú continuó: —Yo estaba cerca del arroyo cuando vi a tu madre, débil y desorientada, entonces supe lo que Pandora le había hecho. Le advertí que si no regresaba tan pronto como fuera posible a Calabazas, la maldición de Pandora caería sobre toda la aldea.

Tu madre tuvo la opción de seguir su camino hacia la gran ciudad y permitir que la maldición de Pandora arropara a toda Calabazas, de esta forma ella no sería la única víctima de la vil anciana; sin embargo, ella decidió regresar a la aldea. Era más importante para ella salvar las vidas de los aldeanos, que la suya, estaba dispuesta a sacrificarse por todos.

Azucena también pudo escoger ser cruel y malvada como Pandora, pues ambas eran jóvenes nobles e inocentes, pero ella buscó dentro de su corazón y abrió las puertas de la gratitud.

Así como tú tienes esa llave, tu madre también la tenía. Al abrir las puertas de la gratitud pudo buscar entre sus recuerdos más preciados, el amor y la bondad. Se sentía agradecida por todo el afecto que había recibido de todos los que la rodeaban, también agradecía cada día vivido, cada suspiro... era agradecida con la naturaleza, con los animales, con la briza que rozaba su cabello, estaba agradecida de todo lo bueno, pero también sintió gratitud por los momentos y situaciones difíciles por las que tuvo que atravesar, pues sabía que detrás de la oscuridad siempre hay un rayo de luz.

También sabía que la vida estaba hecha de lecciones que debía de aprender y que a pesar de la difícil prueba por la que estaba pasando en ese momento, algo positivo encontraría en ella.

Cuando se es puro y agradecido, las cosas malas que nos suceden, así como lo que le pasó a tu madre, son insignificantes ante el amor. Este es tan fuerte que no permitió que la oscuridad cubriera su corazón y por esa razón la maldición de Pandora no se consumó en ti.

¿Acaso no te han brindado amor tus padres, tu abuelito y todos los de tu aldea? ¿Crees que lo hacen por lástima? Lo hacen porque en verdad te aman y porque se sienten agradecidos con Dios por tenerte. Ellos no ven lo diferente que eres, solo ven la nobleza que hay en tu interior, es lo que verdaderamente importa, es lo que te hace hermosa.

Laura interrumpió a Arkazú y le preguntó:

—¿Cómo podría estar agradecida por las cosas malas que le habían sucedido? ¿Cómo sentir gratitud cuando se es víctima de la maldad? ¿Qué era lo positivo que encontraría en ellas?

—Mira al cielo –le dijo Arkazú–, y busca dentro de ti, allí encontrarás la respuesta. Laura miró al cielo tratando de encontrar las respuestas a sus preguntas...

En el palacio real, todo estaba listo para recibir a los invitados y dar comienzo al más grande y esperado banquete de toda Arabella y reinos vecinos. Hasta allí llegaron reyes junto a sus esposas, bellas princesas, quienes lucían sus tiaras y majestuosos vestidos elegidos para la ocasión, los príncipes, duques y condes, portaban sus uniformes con las insignias más altas de sus reinos, los nobles y los caballeros más ilustres de las comarcas vecinas también estaban presentes.

Para el banquete fueron contratados los músicos más destacados de toda Arabella, así como reconocidos cocineros y pasteleros, quienes prepararon exquisitos manjares para el deleite de todos los invitados. A petición del rey Amadeus, se sirvió el mejor vino de Occidente; el salón estaba ornamentado con las flores más bellas de cada una de las aldeas.

Las mesas vestidas con finos manteles hacían juego con toda la cubertería, cristalería y las vajillas con el escudo real grabado en ellas. Todo era exageradamente maravilloso. El carruaje en el que iban las maestras y las nueve jóvenes de la escuela de señoritas, hizo su entrada, las grandes puertas del palacio se abrieron para ellas. Todas estaban boquiabiertas, no podían creer todo lo que veían sus ojos. Karmine se imaginó viviendo allí, era justo lo que ella se merecía, al menos eso era lo que ella pensaba.

Berarminia estaba tan inquieta por entrar al salón real en donde se llevaba a cabo el banquete, que se cayó al bajar del carruaje rasgando su vestido. Las demás no pudieron contenerse y se echaron a reír a carcajadas, incluyendo a Estephanía y Karmine, quienes eran sus cómplices, pero a la misma vez también eran sus rivales, y es que a cada una de ellas solo le importaba acaparar la atención de los invitados y en especial la del rey para que este les accediera sus peticiones.

Abigail, irónicamente le dijo a Berarminia:

—Lástima que Laura no esté aquí con nosotras, pues ella es la única que te podría ayudar con tu vestido.

Berarminia, con cara de enojo, tuvo que llegar al salón con el vestido roto y eso no le permitió disfrutar del banquete.

Por su parte, Karmine no desaprovechaba el momento para acercarse a todos los caballeros apuestos que veía solos; su objetivo y el de su madre era que ella conquistara a un joven noble y si era uno de los herederos a la corona de Arabella, mucho mejor. Para su mala suerte, muchos de los caballeros a quienes se acercaban ya estaban comprometidos y los demás preferían conversar con alguien más inteligente e interesante que ella, así que la ignoraban por completo.

Estephanía, por otro lado, buscaba la forma de llegar hasta rey para pedirle lo que su padre le había encomendado. A diferencia de los demás caballeros que estaban presentes en el banquete, a él no lo habían invitado por no ser de alta alcurnia, además todos sabían que él había comprado el título de Caballero de Monte Verde al codicioso Jeremías, quien había sido uno de los consejeros del palacio hacía ya mucho tiempo y aprovechó su posición para convencer al rey Amadeus de que le otorgara ese título.

El centinela del rey, el temido y musculoso Helios, no dejaba que Estephanía se acercarse al trono en donde estaba sentado el rey Amadeus, junto a otros reyes y reinas quienes eran sus más distinguidos invitados. Así que ella trataba de escabullirse de todas formas, pero sin éxito.

Abigail no se despegaba de las mesas de postres, todo era delicioso y quería probar cada uno de ellos. Para su fortuna no tenía que preocuparse por su vestido; el arreglo que le había hecho Laura era perfecto. Cuando sentía que le apretaba demasiado solo aflojaba un poco las cintas y así tenía más espacio en su estómago para seguir llenándolo con los dulces.

Zoe encontró un pretendiente que le tenía mucha, pero mucha paciencia, ya que se tomaba un largo tiempo en decir una frase. Su dificultad para hablar y los nervios que le producía el apuesto galán, la hacían tartamudear cada vez más.

Laila estaba triste y no dejaba de pensar en su enamorado. Estaba tan deseosa de regresar a Champiñón, que cuando algún apuesto joven trataba

Rita Mendoza

de acercarse a conversar con ella, esta cambiaba de lugar con Felicidad; sentía que su corazón ya tenía dueño, además no tenía de qué temer en ese momento. Por suerte para ella su padre no estaba presente para ver cómo ignoraba a sus pretendientes.

Felicidad era la reina de la fiesta. Todo el tiempo se la pasaba riendo a carcajadas, haciendo chistes y bromas a todos. También disfrutaba ver a la gente bailar. Olvidó todo lo que había aprendido en las clases de etiqueta, especialmente lo que la maestra Clotilde le había dicho, que las personas educadas y de alta alcurnia solo debían sonreír, más no reír y mucho menos a carcajadas, como lo hacía Felicidad.

Catalina no se soltaba de Esmeralda ni por un instante. Temía caerse por sus tacones y por más que había practicado caminar con ellos, fue imposible lograrlo. Ella estaba acostumbrada a usar sandalias y a correr descalza por el bosque, decía que los zapatos le apretaban.

Así transcurría el banquete. La maestra Clotilde molesta por la risa de Felicidad, a quien regañaba constantemente, pero esta no le hacía caso y las maestras Virginia y Rania seguían preocupadas por Laura.

En el bosque, mirando hacia el cielo tratando de encontrar cuál era la lección que tenía que aprender y las razones por las que debía sentirse agradecida, así se encontraba la desdichada joven de Calabazas, quien sin darse cuenta se quedó sola. El sabio Arkazú había desaparecido en silencio... De repente, una leve brisa rosó su cara y en ese instante supo lo que tenía que hacer.

Se fue corriendo de regreso a su pequeño cuarto, allí se aseó, roseó un poco del perfume que le había regalado Maravides y se puso el vistoso vestido que le había hecho Carmelia, las zapatillas en las que Rigoberto y Rafaelo se habían esmerado tanto, el collar con la perla que le dio su abuelo, adornó su cabello con la corona de flores que le entretejió Gervasia y no olvidó llevar consigo las tres llaves que le dio Arkazú.

Fue corriendo al establo en busca de su carreta y su amigo Molondrón, y a toda prisa se fueron al palacio real. Iba decidida a enfrentar su destino.

En el palacio, el rey Amadeus estaba sentado en su trono listo para escuchar las peticiones de sus súbditos, especialmente las de las jóvenes que representaban a las nueve aldeas de Arabella.

La primera en ser anunciada fue la señorita Berarminia de Pan de Frutas, a quien Clotilde tuvo que despegar de la silla, pues esta no quería ponerse de pie para que no la vieran con el vestido rasgado y cuando al fin Clotilde de un tirón hizo que Berarminia caminara, esta sentía las miradas de los invitados sobre ella; podía oír los murmullos y las risas discretamente. Fue tanta su vergüenza, que cuando estuvo frente al rey, solo alcanzó a hacer una reverencia e inmediatamente salió corriendo. En ese momento nadie pudo contener la risa.

Luego le tocó el turno a la señorita Karmine de Solgiral, quien pensaba que al fin había llegado el momento que tanto esperaba, en el que todos los apuestos caballeros contemplarían su belleza y así pescaría a uno de ellos.

Karmine caminó hacía el rey con la cabeza erguida, y cuando estuvo frente a él, solicitó su favor para casarse con uno de sus herederos, ya que sería un honor para el afortunado desposar a la joven más bella de toda Arabella. El Rey no podía creer lo que escuchaba y mucho menos sus descendientes, quienes estaban comprometidos en matrimonio con otras señoritas de alta estirpe.

Entre los herederos del rey se encontraba su nieto Matías, quien se casaría con la bella y rica Escarlata, hija del rey de Prada y sucesora del trono.

El rey le preguntó a Karmine cuáles eran sus méritos o los de su familia para solicitar la mano de uno de sus herederos. Ella, muy arrogante, igual que su madre Acacia, solo decía que su belleza era su mayor mérito.

El rey Amadeus la llamó insolente, y le dijo: "¿Piensas qué la belleza exterior lo es todo en la vida? ¡Jamás permitiría que uno de mis descendientes desposara a una pretenciosa, petulante y ambiciosa joven como tú y tu familia! ¿Piensas qué no sé cuáles son las intenciones que tú y tu madre tienen?". ¡Fuera de mi vista! Le gritó el rey delante de todos.

Ahora era el turno de la señorita Estephanía de los Milagros Arcalaf de Monte Verde, así pidió la joven al centinela que le anunciara. Estephanía, al ver la reacción del rey con la petición que le hizo Karmine, se acercó muy sigilosamente. Al estar frente a él, se inclinó haciendo una reverencia con sus manos y comenzó a resaltar las bondades y dones del rey, diciendo:

"¡Oh su Majestad, mi rey, el rey más noble y amado de todos los confines de la tierra, quien ha recibido la gracia del cielo para gobernar con sabiduría. Yo, la más humilde de sus súbditos, me postro ante vuestros pies, para pedirle que generosamente le conceda su beneplácito de nombrar Duque de Monte Verde, al más fiel y colaborador de sus siervos... mi padre, el ilustre Caballero de Monte Verde!

El rey Amadeus, de manera sutil, le contestó: "¡Oh mi dulce y humilde Estephanía de Monte Verde, cuánto honor me concedes con tus palabras que son más empalagosas que la miel y con las que tratas de alagarme para que le conceda a tu padre el pequeño favor que me pides!"

¿Piensas qué voy a nombrar Duque a quien no es más que un codicioso mercader, que ha amasado su fortuna estafando a los aldeanos con telas baratas, las que vende a tan alto precio como si se trataran de las más finas telas de todos los reinos? ¡Ni tú ni tu padre merecen ostentar ese título ni ningún otro! Por tal razón, desde este momento le retiro el título de Caballero de Monte Verde por no ser digno de él. Estephanía, visiblemente enfadada, salió haciendo berrinches del salón.

Las demás jóvenes estaban muy nerviosas, especialmente Catalina y Esmeralda, quienes decidieron enfrentar al rey juntas y así fueron anunciadas: Las señoritas Catalina de Carambolas y Esmeralda de los Lirios.

Ambas, agarradas de las manos, no podían evitar temblar frente al rey, hicieron la reverencia como le habían enseñado las maestras y procedieron a hacer su petición. Catalina pidió que se les otorgaran más tierras a los aldeanos de Carambolas, ya que la población había crecido tanto que no tenían suficientes terrenos para el cultivo de esta fruta que era su sustento.

Por su parte, Esmeralda solicitó la ayuda del rey para que construyera un camino de piedras, que permitiera a los aldeanos vender las flores de los lirios a otras aldeas y así aumentar sus ingresos para beneficio de todos y del rey.

El rey Amadeus, al escuchar las peticiones de Catalina y Esmeralda, ordenó que se cumplieran, pues consideraba que a diferencia de las anteriores, estas pedían el bienestar de sus aldeas y del mismo rey; las arcas del palacio aumentarían con el cobro de impuestos, asimismo el rey Amadeus ordenó que se le entregara a cada una de ellas el escudo real como símbolo de que cumpliría con sus promesas.

Luego le tocó el turno a la señorita Zoe de Flamboyán, quien aceptó la ayuda de su pretendiente para que este le explicara al rey lo que ella deseaba. Por lo que había pasado con Karmine y Estephanía, no quería hacer enojar al rey, pensaba que este no tendría mucha paciencia con ella por su tartamudez.

Zoe pidió que se construyera una escuela para los hijos de los aldeanos que no sabían leer ni escribir, porque sus padres no tenían dinero para pagar sus estudios. También le dijo al rey que si todos los aldeanos tuvieran la oportunidad de ir a la escuela aprenderían nuevos oficios y esto convertiría a Arabella en el reino más poderoso del mundo. El rey estuvo de acuerdo con ella y también le concedió su petición y el tan anhelado escudo real.

También fue anunciada la señorita Felicidad de Uveral, que como de costumbre estaba muy feliz. Ella solicitó que probara el vino que le había llevado de regalo a su majestad, ya que estaba segura de que nunca en su vida había tomado un vino tan placentero como el que es elaborado por los cultivadores de uvas de su aldea, también aseguró que era el mejor de todos los vinos del mundo.

El rey accedió a probar el vino, pero antes lo dio a probar a su centinela Helios, como era su costumbre, así si alguien tenía que morir envenenado... ese alguien no sería él. Después que Helios probó del vino sin que le causara ningún efecto nocivo, el rey también lo hizo y efectivamente era excelente. Mejor que los costosos vinos que mandaba a buscar de tierras lejanas para sus banquetes.

Felicidad aprovechó el agrado del rey por el vino y le pidió que en vez de darle beneficios a otras tierras, comprara el vino que producían los aldeanos de Uveral. Así todos saldrían ganando, pues sus cosechas e ingresos aumentarían, y el rey y sus invitados estarían muy complacidos.

El rey, sin soltar la copa de vino y sin pensarlo dos veces, solicitó que le enviaran todos los barriles de vino que tuvieran listos y les prometió continuar comprando su vino. Felicidad estaba más feliz que nunca por lo que había logrado y por supuesto por el escudo real.

Cuando llamaron a la señorita Abigail de Damasco, esta había comido tanto que sentía que su barriga iba a reventar y perdió todos los modales, a tal punto de acostarse en el piso, por lo que dos centinelas tuvieron que ayudarla a ponerse de pie. Su cara estaba llena de pastel de frutas.

El rey no podía creer que una señorita se comportara de tal manera, pero después de tomar vino de Felicidad, estaba de muy buen humor. Abigail solicitó al rey que se nombrara el día del Damasco, uno de los frutos más deliciosos de todo el reino. También explicó que con esto, su aldea atraería la atención de las demás aldeas y reinos vecinos, quienes irían a probar los magníficos postres de damasco que preparaban las aldeanas.

¡Ja, ja, ja!, se echo a reír el rey, le pareció muy graciosa la petición de Abigail, pero quién mejor que ella para hablar de las delicias que preparaban en su aldea, y es que ella no paraba de comer. Aún así, le pareció una buena idea que cada aldea tuviera un día festivo para promover sus productos y atraer a más personas al reino.

Abigail estaba feliz, y si antes comía por preocupación, ahora comería de alegría. Estaba segura que a su regreso a Damasco la recibirían por todo lo alto y con un gran banquete con sus comidas preferidas y todo por llevar el escudo real a su aldea.

Por último, llamaron a la señorita Laila de Champiñón. Aunque no fue su deseo el de asistir al banquete real, ya que Laila prefería estar cerca de su amado; muy respetuosamente solicitó al rey que bajara los impuestos que pagaban los cultivadores de Champiñón, para que estos a su vez bajaran el precio de venta de sus productos y así más personas pudieran comprarlos, no solo en su aldea sino también en las demás aldeas vecinas y más allá.

El rey no entendía cómo eso podía beneficiarle a él, entonces Laila le explicó que los aldeanos preferían comer otros vegetales en vez de champiñones ya que estos eran muy costosos, lo que provocaba que los champiñones se dañaran y por esa razón los impuestos que pagaban sus cultivadores no era tan significativos para el rey. Pero si todos en la aldea podían pagar un precio justo por los champiñones, aumentaría la demanda y podrían vender aún más.

—¡Ah! Ya entiendo –dijo el rey–. Si bajo el impuesto, ellos bajaran su precio de venta también, así que todos los aldeanos comprarán los champiñones y por ende tendrán que cultivar más para poder complacerlos a todos. Esto les dará más dinero y podrán pagar sus impuestos sin dificultad. ¡Me parece bien! Bajaré los impuestos de los champiñones y de todos los productos de las aldeas. Así las personas podrán alimentarse adecuadamente.

Laila dio un suspiro de alivio. Sabía que ahora su amado iba a poder pagar sus impuestos y también cosecharía más champiñones y así su padre no lo vería como un pobre labrador. Eso la llenó de esperanzas; estaba ansiosa por regresar con su escudo real a la aldea de Champiñón para dar las buenas nuevas.

Ya no faltaba nadie más por anunciar y el rey se disponía a retirarse del salón, repentinamente se oyó un ruido en la puerta del palacio. Todos voltearon a ver de qué se trataba. Estaban sorprendidos al ver una joven bajar de una carreta vieja tirada por un asno. La joven tenía un hermoso y brillante vestido multicolor, en su cabeza traía una corona de flores y su agradable perfume se podía percibir desde lejos.

Por un instante, la joven se detuvo en la entrada del salón, cerró sus ojos y al abrirlos lentamente miró las tres llaves doradas y resplandecientes que llevaba en sus manos y entonces continuó...

La joven estaba cubierta por una luz brillante, parecía como si flotara en el aire. La joven, con una dulce voz cantaba mientras caminaba por el amplio pasillo del salón, dejando a todos impactados. Lo que escuchaban era simplemente hermoso. Todos, incluyendo al mismo rey, se preguntaban quién era...

La maestra Clotilde, quien se encontraba cerca de la entrada principal del salón, se sorprendió al ver que esa joven era Laura. Inmediatamente la maestra Rania se acercó al rey y le dijo el nombre de la joven. Se trataba de Laura de Calabazas.

Al escuchar el nombre de la aldea, el rey Amadeus quedó mudo. Hacía mucho tiempo que nadie de Calabazas asistía al banquete real.

Cuando Laura estuvo frente al rey Amadeus, cortésmente y con una reverencia le saludó. El Rey se acercó a ella, la miró y supo entonces de quién se trataba; la abrazó fuertemente y sus lágrimas cayeron. Los invitados no entendían lo que estaba sucediendo. Nunca habían visto al rey abrazar a una plebeya y mucho menos llorar.

El rey Amadeus le preguntó: ¿Eres la hija de Azucena y Benjamín? ¿Eres la nieta de mi fiel y más amado servidor Enrique? A lo que Laura respondió con una afirmación.

—¡Nunca pensé que llegaría esté momento! –dijo el rey–. Antes de que hagas tu petición, quiero pedirte que

me perdones por el daño que le ocasioné a tu familia y a ti. Hace muchos años cuando tomé posesión del trono que heredé de mi padre, siendo apenas un joven inexperto, me dejé guiar por personas arrogantes y codiciosas a quienes solo les importaba derrochar el dinero del reino en joyas, telas y banquetes. Hicieron que obligara a los aldeanos a pagar altos impuestos.

—Uno de los consejeros del reino en esa época era Jeremías, el más ambicioso de todos. No se conformaba con las monedas que recaudaba para sí mismo de cada aldeano, sino que, a escondidas del reino, vendía los títulos reales a personas sin linaje y sin escrúpulos, como el mercader de telas de nombre Arcalaf, de la aldea de Monte Verde.

—Sin darme cuenta a tiempo, me dejé envolver por Jeremías, quien me aconsejó castigar cruelmente a una joven que se presentó ante mí para reclamar la devolución de los ahorros que le habían quitado a su familia.

El rey prosiguió relatando lo que había pasado con la joven que lo acusó de robarle el dinero a su familia: —La condené a trabajo forzado durante toda su vida y desterré a su familia de Arabella.

—Siempre seguí el ejemplo de mi padre, quien fue un hombre honesto y no podía permitir que ensuciaran su memoria, además nunca le había robado nada a nadie y jamás pensé que uno de mis más cercanos consejeros podía ser capaz de un hecho tan atroz...

Cuando el rey Amadeus descubrió lo que Jeremías había hecho, ya era demasiado tarde, y aunque ordenó liberar a Pandora, ella ya se había convertido en una anciana; quiso compensarla por el daño que le había causado, pero esta no aceptó, y en cambio juró vengarse. ¡El rey jamás imaginó que lo haría a través de la hija de su más leal súbdito, quien creció junto a él y se convirtió en su mejor y único amigo!

El rey Amadeus continúo narrando su historia...

—Desde aquel día en que tu madre Azucena fue maldecida por Pandora, nunca más volví a ver a mi amigo. Mi culpa era tan grande que no me atrevía a buscarlo, no me sentía digno de mirarlo a los ojos.

—Todos estos años estuve pendiente de mi buen amigo Enrique, siempre le pedía a uno de mis súbditos que fuera a la aldea de Calabazas y que, sin que él se diera cuenta, averiguara cómo estaba y qué podía hacer para reparar el daño que causé. De regreso al palacio, mi súbdito me contaba todo sobre Enrique y su familia. Me decía que, a pesar de las carencias y dificultades por las que estaba atravesando, él era muy feliz con su pequeña nieta, a la que le contaba de sus travesías. Me contaba que la pequeña era muy diferente a los demás niños y que nunca había visto a nadie igual a ella.

—En ocasiones pensé en enviarles algunas monedas de oro para que no tuvieran de qué preocuparse, pero conocía tan bien a Enrique que sabía que si tan solo me atrevía a intentarlo, él me despreciaría; siempre fue un hombre honesto, leal y muy trabajador. Jamás aceptaría ni un solo centavo que no haya ganado con su esfuerzo. Así que me mantuve distante, solo me confortaba el saber que él era feliz.

—Durante todos estos años, traté de ocultar mi tristeza mostrándome invencible, pero el dolor nunca se apartó de mí. Ahora que ya sabes que el culpable de tu desgracia he sido yo, puedo comprender que no me quieras perdonar, –dijo el Rey.

El salón estaba en un profundo silencio al igual que Laura. Nadie podía creer lo que había sucedido. Berarminia, que estaba en un rincón apartada de todos, se sintió arrepentida por lo que había hecho. Entendió porqué Laura era diferente a todas ellas.

Laura, al fin encontró en su corazón la respuesta que tanto había buscado. Encontró el significado de la llave de la Gratitud, comprendió que todos de alguna forma u otra habían sido víctimas de la maldad. También creía en la existencia del amor verdadero y en que todas las personas eran capaces de perdonar, así como lo hizo su madre y su abuelo, que aunque nunca más volvió al palacio, no era porque sentían rencor contra el rey Amadeus, por lo que le había hecho Pandora a su hija Azucena, sino que decidió quedarse en la aldea para cuidar de ellas.

Enrique recordaba al rey con gran cariño. A pesar de que él tan solo era un súbdito más del palacio, Amadeus lo consideraba como un gran amigo, especialmente después de la muerte de su padre el rey. Adolfo, quien se ganó el respeto y el cariño de todos en Arabella, era muy gentil y bondadoso, por lo que su hijo Amadeus se esforzaba por ser igual a él y continuar con su legado.

Al ascender al trono, el joven rey solicitaba los consejos de su amigo y sabio Enrique, quien a pesar de que no era uno de los consejeros del palacio, le decía que debía de acercarse más a los aldeanos y escuchar sus peticiones tal y como lo hacía su padre. Esa distinción que tenía el rey con Enrique causó que los consejeros del palacio sintieran celos de él y en varias ocasiones le tendieran algunas trampas para hacerlo quedar mal ante el rey Amadeus. Pero este conocía tan bien a su amigo, que no daba crédito a las acusaciones que se levantaron en su contra.

Enrique nunca pidió nada para él o para su familia a pesar de su cercanía con el Rey; prefería seguir las reglas de Arabella, en que las peticiones debían hacerlas las representantes de cada una de las aldeas.

Desafortunadamente, para el rey y para Pandora, Enrique no estaba presente el día en que injustamente ambos fueron víctimas de la maldad de Jeremías, quien deliberadamente hizo todo lo imposible para que la joven fuera condenada y de este modo no pudiera acusarlo de haber robado el dinero de su familia.

El rey, al sentirse agraviado por la joven Pandora y al escuchar los malos consejos de Jeremías, así lo hizo. Ese día, el rey Amadeus le había otorgado el permiso a

Enrique de ausentarse del palacio para que acompañara a su esposa Rita en el nacimiento de su hija Azucena, por esta razón el abuelo de Laura no pudo impedir el injusto y cruel castigo al que fue condenada Pandora.

Enrique nunca culpó al rey Amadeus por lo sucedido con su hija, aunque no justificaba su acción, se conmovía al ver a Pandora convertida en una anciana, pero sabía que solo ella era responsable de cultivar sentimientos negativos, los que poco a poco fueron extinguiendo su amor y gratitud por la vida. Dejó que la maldad oscureciera su corazón.

Laura miró al rey a los ojos y le respondió que el daño ya estaba hecho, y que no había modo de retroceder el tiempo para reparar el pasado, pero sí de remediar el presente. Laura le obsequió las llaves que había recibido del sabio Arkazú, le dijo que con ellas abriría las tres puertas más importantes de la vida y que esas puertas se encontraban en su corazón. Le fue entregando cada una de las llaves mientras descifraba su significado:

Primero le dio la llave del Amor, para que dejara brotar todo el amor que llevaba dentro de él, el amor por su familia, por los amigos, por sus súbditos, por la vida misma y por sí mismo. De esa manera podría perdonarse por lo que había hecho y vivir en armonía con las personas que le rodeaban; también le dijo que debía de apreciar todo lo bueno que tenía y que si aprendía de sus errores, nunca más volvería a cometer otra injusticia.

Luego puso entre sus manos la llave de la Confianza. Con esa llave podría despejar cualquier duda que existiera en su corazón. El poder que tenía esa llave era capaz de abrir las puertas del "creer" que todo es posible y que todo lo que él anhelaba y deseaba con fe, se haría realidad.

Por último le entregó la llave de la Gratitud, para que abriera las puertas de la enseñanza, del perdón y de la paz interior, ya que al sentir gratitud por todo lo que él era, lo poco o mucho que tenía, por cada suspiro y por cada día vivido, si era agradecido a pesar de los tropiezos, fracasos, dificultades, traiciones, mentiras y tristezas, el cielo se llenaría de júbilo y dejaría caer sobre él toda su gracia.

Las palabras de Laura calaron en lo más profundo del corazón del rey Amadeus y en el de todos los presentes en el gran salón. Les hicieron reflexionar sobre el valor de las personas y el significado de las pequeñas cosas que a veces parecen insignificantes para algunos, pero que en realidad son las más importantes. También conocieron la verdadera belleza, la que va más allá de lo visible, la que se encuentra en el interior de cada persona, de cada ser.

A partir de ese momento todo fue distinto. Ya no había diferencias entre los presentes, se podía ver cómo los nobles abrazaban a los plebeyos, los príncipes, duques y princesas festejaban con los súbditos del palacio y demás invitados. Hasta el corazón de acero

Rita Mendoza

del temible Helios se fundió con tanto amor, estaba tan conmovido que no paraba de llorar.

Y así terminó el banquete real, las personas de los reinos vecinos regresaron a sus tierras llenos de esperanzas y paz. Zoe, Abigail, Laila, Felicidad, Catalina y Esmeralda también retornaron a sus aldeas portando con orgullo el escudo real. Por otro lado, Berarminia, Estephanía y Karmine también emprendieron el viaje de regreso a sus aldeas y aunque no corrieron con la misma suerte que las demás, por no ser merecedoras del escudo real, ya que solo pensaron en sus propios intereses y en el de sus familias; aún así, el rey Amadeus aceptó ayudar a sus aldeas gracias a la intervención de Laura.

Laura era tan noble, que jamás mencionó lo que Estephanía, Karmine y Berarminia le habían hecho, ellas las perdonó y por eso solicitó del rey su favor para cada una de las aldeas que estas representaban, pues no era justo que los demás aldeanos pagaran por el egoísmo de ellas y el de sus familias.

Entonces el rey ordenó que en la aldea de Pan de Frutas se construyera un gran horno, para que todos sus aldeanos trabajaran juntos en la elaboración de pan de frutas y otras delicias, así podrían venderlas más allá de sus límites.

En la aldea de Monte Verde ordenó construir una fábrica de telas para que las personas más necesitadas trabajaran en ella y ganaran su sustento. Las telas se venderían a bajo costo y así los aldeanos de toda Arabella podrían vestirse dignamente y no sentirse avergonzados de sus ropas viejas y rasgadas.

A la aldea de Solgiral, el rey Amadeus ordenó ampliar sus límites y así tendrían más tierras para el cultivo de girasoles. La flor de girasol no solo era hermosa, sino que también poseía muchas propiedades, por lo que sus semillas serían utilizadas como alimento. El rey tenía pensado extraer sus aceites para consumo de los aldeanos de Arabella y de esta forma todos estarían fuertes y saludables.

En cuanto a la maestra Clotilde, el rey dispuso que ya no trabajaría más como institutriz de las señoritas de Arabella; a partir de ese momento sería la encargada de cuidar, bañar y alimentar los animales del establo. Así que Clotilde tuvo que ocupar el pequeño cuarto de la escuela en donde dormía Laura. Afortunadamente, para ella el cuarto estaba limpio y ordenado gracias a Laura.

Todo esto sucedió gracias a la despistada de Esmeralda, quien después de recuperarse de los nervios que le producía el estar frente al Rey y de haber logrado obtener el escudo real para su aldea, le contó a las maestras Virginia y Rania, todo lo que habían planeado la maestra Clotilde junto a Karmine, Berarminia y Estephanía en contra de Laura, y que por esa razón esta estuvo a punto de no asistir al banquete real.

En cuanto a Laura y a la aldea de Calabazas, el rey Amadeus no solo le entregó el escudo real, sino

Rita Mendoza

que además la nombró princesa honorífica de toda Arabella. Laura siempre fue muy modesta, nunca deseó ser una princesa, ni poseer grandes riquezas, por lo que rechazó el nombramiento que le hizo el rey, pero ante la insistencia de este terminó por aceptarlo.

El rey Amadeus quería que el nombre de Laura fuese conocido en todos los confines de la tierra y que fuera recordada por siempre como la princesa más bella de todas, pues su belleza interior era más importante que su apariencia.

Así que, el rey Amadeus, con gran orgullo, acompañó a Laura en su viaje de regreso a Calabazas. Quería reencontrarse con su viejo amigo Enrique. También quería convertir a la pequeña y humilde aldea en la más próspera de toda Arabella. Tenía muchos planes para ella y para todos sus aldeanos, quienes a pesar de carecer de riquezas materiales, poseían la fortuna más valiosa de todas, su nobleza.

Laura estaba muy feliz, pero antes de regresar a Calabazas debía despedirse de alguien muy especial...

De camino a su aldea, le pidió al rey Amadeus que hiciera una parada en el lugar en donde conoció al sabio Arkazú y así agradecerle por sus consejos y por las tres llaves mágicas. El rey, gustosamente la complació. Él también quería agradecer al anciano por tan preciado obsequio.

Al llegar al lugar, encontraron a Arkazú descansando debajo de frondoso árbol. Sin que el rey ni Laura dijeran una sola palabra, Arkazú volteó su mirada hacia ellos y con una dulce sonrisa les dijo que los estaba esperando, pues sabía que irían a verlo.

—Antes de que me agradezcan por las llaves, quiero decirles que no es a mí a quien tienen que agradecer. Yo solo soy un instrumento de Dios. Además, las llaves son tan solo objetos como cualquier otro, simplemente tomaron el valor y el poder que aquel que las poseía les dio.

—Si toman una piedra cualquiera y creen que esta tiene poderes especiales, entonces los tendrá. Todo dependerá de la fe que tengan en ella y la intensidad con que lo deseen –continuó Arkazú.

—Las llaves están hechas para abrir puertas y así como existen las puertas del amor, la confianza y la gratitud, también existen las puertas del rencor, la maldad y la venganza. Ustedes escogieron abrir las puertas del bien, mientras que otros eligen abrir las puertas del mal...

—Cada persona tiene la libertad de convertirse en luz o en oscuridad. Aquel que escoge ser luz, será feliz a pesar de las tristezas y dificultades que se les presenten en la vida, y así como él todo aquel que le rodea también será feliz, pues el bien compartido se multiplica; pero aquel que escoge ser oscuridad, nunca podrá ser feliz y estará condenado a vivir en soledad.

De repente... un torbellino de luz cubrió por completo al sabio Arkazú, quien poco a poco se fue

Rita Mendoza

elevando hasta alcanzar las nubes, mientras que Laura de Calabazas y el rey Amadeus estaban rebosantes de felicidad. Desde lo alto se escuchaba la voz del sabio Arkazú:

¡Desde ahora en adelante ustedes se convertirán en las llaves de todas aquellas personas que han perdido la confianza, el amor y la esperanza. Les harán saber que todo es posible cuando existe gratitud en su corazón!

El rey Amadeus y Laura quedaron estremecidos con las palabras de Arkazú, ya no eran los mismos de antes, ahora estaban llenos de gratitud y querían compartirla con todos, especialmente con los aldeanos de Calabazas...

Como todas las tardes, Benjamín subía a la cima de la montaña con la esperanza de ver algún indicio de su hija. Ese día no pudo creer lo que veía. A la aldea se acercaba un desfile de carruajes con las insignias reales, también pudo ver al asno Molondrón...

Benjamín bajó apresurado de la montaña y al igual que él, todos los aldeanos salieron al encuentro del rey y de Laura. Quedaron sorprendidos al verla bajar del carruaje real con una tiara como las que portan las princesas.

El rey no pudo contener su emoción al ver entre los aldeanos a su amigo Enrique, a quien abrazó efusivamente, y sin poder contener las lágrimas, le dijo

Rita Mendoza

cuánto lo quería y lo mucho que lo había extrañado. Enrique también correspondió muy conmovido a las palabras de su amigo Amadeus, a quien siempre recordó con gran cariño.

Todos en la aldea de Calabazas estaban felices de volver a ver a Laura, su rostro era el mismo, pero tenía un brillo especial en sus ojos. Algo había cambiado en ella... Laura pudo descubrir quién era realmente. Se amaba y se aceptaba tal cual era y era más feliz que antes.

El rey Amadeus agradeció a todos los aldeanos por ser personas nobles, honradas y bondadosas. Les habló de sus planes para convertir a Calabazas en la aldea más próspera de toda Arabella y reinos vecinos. También les presentó a la nueva princesa del reino: Laura de Calabazas.

Ese día, el rey Amadeus celebró con todos los aldeanos de Calabazas su nuevo renacer.

Las palabras de Arkazú se hicieron realidad. Tanto Laura como el rey se encargaron de esparcir las palabras grabadas en las Tres llaves mágicas: AMA, CONFÍA y AGRADECE. Toda Arabella y los demás reinos vecinos siguieron cada uno de sus sabios consejos. Desde entonces tuvieron una vida feliz y vivieron agradecidos por siempre...

Esta edición de *Las tres llaves mágicas y Laura de Calabazas* se terminó de imprimir en el mes de septiembre de 2019, en Santo Domingo, República Dominicana.

Made in the
USA
Middletown, DE